爱是最美的语言

聆听花开

周小平 著

黄河出版传媒集团

阳光出版社

图书在版编目（CIP）数据

聆听花开 / 周小平著. -- 银川：阳光出版社，
2023.4
ISBN 978-7-5525-6785-4

Ⅰ. ①聆… Ⅱ. ①周… Ⅲ. ①散文集－中国－当代
Ⅳ. ①I267

中国国家版本馆CIP数据核字(2023)第070559号

聆听花开

周小平 著

责任编辑　薛　雪
封面设计　圣立文化
责任印制　岳建宁

黄河出版传媒集团
阳 光 出 版 社　出版发行

出 版 人　薛文斌
地　　址　宁夏银川市北京东路139号出版大厦（750001）
网　　址　http://www.ygchbs.com
网上书店　http://shop129132959.taobao.com
电子信箱　yangguangchubanshe@163.com
邮购电话　0951-5014139
经　　销　全国新华书店
印刷装订　四川金邦印务有限公司
印刷委托书号　（宁）0025913

开　　本　880 mm×1 230 mm　1/32
印　　张　7
字　　数　180千字
版　　次　2023年4月第1版
印　　次　2023年4月第1次印刷
书　　号　ISBN 978-7-5525-6785-4
定　　价　56.00元

从真情里流淌出来的文字

——读周小平散文集《聆听花开》

王应槐

我是在5年前认识周小平的。那是在泸州市作家协会年会上，他代表新入会的众会员发言。

他的发言给我留下的印象很深，不仅语言干净流畅，闪烁着诗意，还充分表达了新会员的态度和对文学的认识，特别是那一句"既然抉择了文学，文学也就选择了我们"。

周小平是一名人民教师，长期在基层学校教书，已有近30年教龄，曾主动请缨，前往深度贫困的大凉山地区支教。他生于四川省泸州市合江县焦滩乡（现名"神臂城镇"），是农民的儿子。在田野与贫穷中长大的他，传承了良好家风，勤劳朴素，诚恳孝敬，并酷爱读书。通过他的努力，考上了中师，得以改变命运，走上教育岗位。因此，他常怀感恩之心，努力教学，满腔热忱地奋战在教学第一线，把自己的青春年华献给祖国的教育事业。与此同时，他抽出宝贵的业余时间，勤奋写作，以圆文学之梦。他在教书育人与文学写作中，一路前行，取得了可喜的成就，已发表数十篇散文随笔，现结集出版，题为《聆听花开》。

该书内容较为丰富,以非虚构笔法,真实地记叙作者挥之不去的乡愁,以及关于教书育人的经验与思考。读之,如沐春风。令我感受深刻的是,作者的这些散文随笔,无论题材大小,不管篇幅长短,字里行间总是充满一种火热真挚、婉转动人的情感。

　　一是场景真实,朴质感人。纵观当今散文,随着改革开放的深入发展,人们由于物质生活的逐渐丰富,精神体验与审美需求也变得更加多元,促使散文的写作呈现出一种百花齐放、形式多样的局面。不可否认的是,散文在蓬勃发展之际,有时却令人眼花缭乱,让人在目不暇接中不知所措。譬如,有些散文写得洋洋洒洒、色彩斑斓,一阵喧哗过后,却让读者没有一点印象,很快便遗忘。我认为,这是一种"矫情"散文,其根本所在,是缺乏"真",远离了真实的生活现场和真实的情感。真实是散文蓬勃的生命力所在。周小平的散文直面现实存在的客观世界,是一种真实的散文。如描写故乡的《岁月的精华》《腐乳的芬芳》《乡愁如烟》等,在回忆中把乡村的院坝、小溪、田埂、水田、青山、石桥、竹林,以及儿时的梦幻与艰辛、乡村的饮食与风俗、劳作的母亲、逝去的父亲等这些真实的生活场景一一呈现在我们眼前,让我们身临其境。但是,作者的目的并不在此,而是通过对客观现实的书写,表达自己的人生感受和种种主观愿景,或者说,在对现实的叙写中寄寓自己的思想情感。如《乡愁如烟》:

　　　　有时,暑假偶尔能回去小住几日。虽说白天也是烈日炎炎,但只要太阳一躲进青山,一下子就凉快了。

傍晚，嫂子煮点腊肉，炒些小菜，有时推点豆花儿，一家人便在门前的院坝里天高地阔地吃起来。

夜里，能看见城里往往瞧不着的一弯新月、点点繁星。晚风习习，竹林舒展修长的手臂，发出悦耳的"沙沙"声。昆虫音乐会也正式拉开帷幕。人们伴随风儿，和着虫鸣，沉静入眠。

这是对乡村生活和环境真实的描写，在那闲适和睦之中，暗含"逃离"市井尘嚣、享受乡村宁静的怡然之情。其情朴质真诚，犹如一位发小，在新月和繁星下，在习习晚风中，与你促膝长谈那些生命中的繁杂与欢愉。

又如，在游记散文《永远的乐道》中对"抗战小学"的介绍和描写：

穿过状元桥，便来到乐道独具、声名远播的"抗战小学"。它是目前国内唯一以"抗战"命名的小学，由革命先烈恽代英先生的弟子——曾子平主政当地时捐资修建，1938年动工，两年后落成。学校为四合院格局，中间是天井，天井两侧是校舍，有20多间，清一色的石墙瓦顶，因创建于抗战时期，故名"抗战小学"。当年，这所学校除教授语文及数理化外，专门开设有军训课程。孩子们早晚出操，一周跑一次越野。还开设有拳术、刀术、射击等军训科目，教员均为当地驻防的部队军官。

谷底的潺潺流水名叫翠竹溪，溪水从大山深处蜿蜒而来，由此折而向南，汇入永宁河。

学校就藏身于翠竹溪右侧。校园被高大的香樟林护卫，两侧悬崖似斧削刀劈，崖上满是楠木、古松和杂竹。

校门两侧挂有黑漆木板，刻有隶书金字对联，上联为"学武习文报效祖国"，下联是"驱倭抗日光复山河"。诵之，百年屈辱场景浮现眼前，抗战小学师生那壮怀激烈、同仇敌忾的民族气节，历久弥新，令人慨叹！

画面真实，境况如斯。娓娓的叙述中，满满的是对"抗战小学"的崇敬，以及慷慨激昂的民族气节。

二是语言朴素，描写细腻。文如其人，这是对周小平恰如其分的解读。我认为，文如其人其实包含两层意思，一是作者的思想情操，二是其写作文风。作为一名教师，周小平忠诚于党和人民的教育事业，无论何时何地，都坚守"师德"，敬业奉献，朴实专注，有着良好的教育形象；其文风也是如此，不花哨，无赘余，充满"专业"精神，尤其是在语言的运用上，朴素大方，描写细腻。如《父亲的河流》，满怀深情地回忆已经去世40多年的父亲，质朴简洁的叙述，蕴藏着深厚的爱意和无奈的悲凉：

犹记得，小时候，夕阳西下，父亲偶尔会牵着我的小手，沿着小径、石板路，慢慢地散步——比蜗牛还慢，约1000米以外的黑山山顶，要走好久好久。

父亲看着庄稼地，看那青扑扑的红苕藤，涨红了脸的高粱，还有那颗颗饱满的绿皮豆荚。我想，那时，他那瘦削苍白的脸庞，应该是含着笑的吧。

站在黑山山顶远眺，依稀可以看见奔流东去的滔滔长江，听见波涛的轻响和机帆船马达的轰鸣声。曾经当过多年纤夫的老父亲，这一刻眉眼轻展，眼神亮堂堂的，似乎，他又回到了湍急的江水中，耳畔是气势磅礴的川江号子，他正和工友们吃力地拉纤，粗糙的纤绳深深地勒进他那瘦弱的肩膀。

父亲年轻时曾以拉滩（拉纤）挣钱，以新路、老泸州为主，拉新路一趟5角，拉神臂嘴一趟3角。白沙修建红旗水库时，父亲也曾赶去挣工分。

抑或，他忆起了自己的父亲，他的父亲正拉着他的小手，立在自家经营的船上，望着奔涌的江水，讲述一个又一个关于长江、航运、家族的故事。

那一刻，父亲神采焕发，似乎不再是一个生命垂危的男人。

三是注重情节，可读性强。作者善于讲述故事，常常在描写与叙述中带有感人的情节。因而阅读起来，既感觉诗情画意般，又吸引人，不乏味，尤其适合青少年、文学爱好者们阅读。如《岁月的精华》中记述母亲的一段文字：

身材瘦弱的母亲，已经年逾91岁，却比同龄人要康健一些，这应该受益于老人家一生热爱劳作。

到泸州城里居住之前的十多年里，她一直居住在位于白米村的三姐家。点麦、种菜、喂猪……冬夏春秋，四季更替，母亲忙碌得像旋转的陀螺。

有一次，正值忙碌的秋收时节，朦胧暮色里，母亲背着满满一背红苕藤回家。乡间小路窄小而崎岖，苕藤在背篓中快活地舞蹈，她一个趔趄摔到水田里，好半天才爬起来，幸好没有大碍。

这件事并没有打击到母亲劳作的积极性。

在铺着石板的大路边，那块仅约15平方米的狭长菜地，一年四季，总变着戏法，见证着"奇迹"——辣椒、茄子、豇豆、番茄……无不色彩明丽、精神抖擞，引得过往路人啧啧称赞，更给贫寒日子里的我们带来了温暖。

文字简洁，既有对母亲形象的刻画，又有对母亲劳动细节的描写，油然升起的，是对母亲的敬佩和挚爱。同时，也激起我们的同感，让我们想到我们的母亲，勤劳的母亲，想起人世间最伟大的母爱！

"从喷泉里出来的都是水，从血管里出来的都是血。"（鲁迅《而已集·革命文学》）周小平踏实做人，真诚做事。这些来自真情的文字，不知不觉中感动着我们。不啻如此，作者那些关于成长、教育、支教、寻访等的思考和随笔，也是真情满满、童心再现、发自心灵。

读完全书，我总感觉像有一缕缕林间的微风，轻轻地拂过我的心灵。平静之余，似乎还有些不够满足，如果思想内容更深沉一些，再现的生活面更宽广一点，那么，该书的审美意义和社会价值是不是就会更大、更多一些，更加抵近生命的真实？

古人曰："开卷有益。"让我们读读周小平的散文随笔吧，这些流淌着真情实感的文字，一定会带给你别样的人生感受，带你走进另一种审美风景。

2022年8月于四川泸州

王应槐，中国文艺评论家协会会员、四川省文艺评论家协会会员、四川省作家协会会员、泸州市文艺评论家协会名誉主席。已发表文学评论及文学作品700余篇（首）。曾主编《审美大辞典·教育科学审美》，参加过《阅读辞典》等10余部书的编写。著有散文随笔集《川南名镇分水岭》、文学评论集《文学的真谛》、文学评论专著《张中信创作论》、美学文集《走进美学》《美学风景》等，作品被收入多种选本，曾获四川文艺理论奖等多种奖项。

自　序

七月酷夏。一抹阳光穿过树叶射向小区楼宇米色的外墙。

一大早，树上的蝉儿早已开工。一声，又一声；一阵，胜一阵。想到属于它们独特声部的生命仅有一个夏天，我便在心底与这单调、冗复、高分贝的歌唱和解。正值周末，附近楼栋惊天动地的装修声暂时停歇下来。于是乎，我坐在俊熹寝室的书桌旁，开始写此序。

想出版一本属于自己的散文集，这个梦多年来一直在我脑海里疯长。

她，关于文学。小时候，五哥的岳父很会讲故事，是老家远近闻名的"故事大王"。请他做客、家里闲坐、送他回家，我会逮住任何时机缠着他讲故事。也许，爱好阅读的第一颗种子，是老人家赐予我的最好礼物。

渐渐地，三姐夫家那立柜里的书籍与我结缘，成为我的最爱。入读师范学校期间，我成为阅览室里春秋祠外书摊的常客。纵然参加了工作，我还专门订阅了《中国校园文学》等刊物当作自己的精神"食粮"。

教育、故事、阅读，让我在无形的享受中，领略着生活里斑斓、别样的风景。

美国作家威廉·福克纳有句名言："我的像邮票那

样大小的故乡，是值得好好描写的，而且，即使写一辈子，我也写不尽那里的人和事。"

9岁，我即别离故土——川南神臂城，到异地的三姐家生活、读书，从三年级下学期到初中，后考上师范学校，随后工作。

那时，老家没有幼儿园，由队上出点钱，请村里的一位女青年当"老师"。她姓刘，教我们唱唱歌，写写字，学点简单的算术。清波荡漾的河沟边，枝叶茂密的竹林里，宽阔的稻场上，处处是我们的"教室"，也是我们的乐园。

刘老师偶尔奖励的几颗圆滚滚的炒黄豆，就是每个孩童得到的最好的奖品。那齿间的香气，直到现在，仿佛还依旧如昨。

作为一名教师，弹指一挥间，已在三尺讲台勤勉耕耘26载。我爱读书，爱买书，爱藏书，更爱码点"豆腐块"。

常有文友题赠大作，淡淡的墨香，精美的装帧，洋洋洒洒一二十万字，我心中的激情一次又一次油然而生。

于是，在羡慕之余，我也用手中的这支拙笔，记载下童年印迹、风土人情、旅游景致、人生思绪，粗糙也好，难登大雅之堂也罢，喜欢就好。

《聆听花开》，借用一个动画般的名字，这是对人生之旅的记录，也是对童年、少年、青年时光的回望，更是一种由衷的念想。

该集子主要涵盖五大篇章，即"故园恋歌""沉醉山河""偶得散记""杏坛漫步""心灵拾遗"（"心灵拾遗"是部分日记体实录，以回望人生的些许印痕），呈现自己深耕教育沃土、纵览大好河山、追寻诗意栖居的人生历程。部分文章曾在全国各地刊物公开发表过，算是笔耕多年的一个个小惊喜。

19世纪至20世纪之交，文坛最杰出的美国自然文学作家约翰·巴勒斯曾在《醒来的森林》一文里写道："然而，每个作者坐下来谈起自己写过的书时，就像为父者谈论离开家门独自出去闯荡的儿子一样，并不是一件容易的事情。"

我想，这本历经数载"孕育"而成的散文集，于我个人而言，算是献给故园、母亲、祖国的一朵清香四溢的金色桂花吧。

若有不够完美之处，还请读友们海涵。

周小平

2022年9月于酒城泸州

目录

故园恋歌

沉醉山河

偶得散记

故园

恋歌

The sound of flowers

乡愁如烟

那年春节，喜庆热闹的鞭炮声犹在耳际，就需转学到三姐家附近的枣子村小念书，年仅9岁的我只得别离故土。

外出求学或工作的漫漫长路，我一走就是36载，总有一缕淡淡的乡愁，如烟似雾，萦绕心头。

我的老家在泸州市合江县老泸州——神臂城，紧邻奔腾浩荡的万里长江。在外人看来，我的家乡或许并不起眼，但每每自己向同学、同事、朋友聊起，都是同样的话语："那儿可是著名的蒙宋战争遗址保护地。持续近34年的拉锯战，蒙宋战争的焦点就是争夺神臂城的控制权。昔日铁打的泸州，今天的鱼米之乡哦！"话语里洋溢着自豪之情。

丝丝乡愁，荡漾在清澈的溪水、奶奶的身影和无边的静夜。

小　溪

十来户农家围成一团，村庄四周是一块又一块水田，水里倒映着云影天光，附近是一条斗折蛇行的潺潺小溪。每当夕阳亲吻山林，袅袅炊烟便次第升起，悠闲漫步。

小溪发源于我的第一所母校——沙土村小旁的水库，溪水一路吟唱着，绕竹林，越草丛，穿过那道弓着身子、爬满苔藓的石桥，汇入一口"Y"字形的河塘。

步出房门，走过一条长长的田埂，便到溪边。热心的乡邻挑选了两块平整、宽大的石板，在溪边铺成一个洗衣台，从此，洗衣裳、话家常、谈农事成为一道别致的风景。

小时候，我也学着大人的样子，寻一细棍，找来棉线，弯枚钓钩，在翠林修竹旁那又黑又湿的地里挖些蚯蚓，然后呼朋引伴，去清澈见底的小溪边钓鱼。

有时，风一吹，鱼漂便开始散步；有时，扁扁的"菜板鱼"来捣乱，一次又一次地偷尝美食，当它咬住鱼饵想"转移阵地"时，鱼漂就会明显移动。我满怀兴奋拉起鱼竿，却收获失望，嘀咕几句，埋怨"捣蛋鬼"一番，又继续守候。运气好的话，能钓十来条肥美的土鲫鱼哩。

回到家，我麻溜地将鱼收拾干净。二嫂照例会用自家的菜油把鱼煎炸成"二面黄"，放入泡姜、泡椒、蒜末，掺点汁水，撒些葱花，热气腾腾地起锅，"小馋猫们"的童年美食就出炉了！

记得一个春天，暮色朦胧了远山。

二哥干农活收工回家途中，听见石桥下有鲤鱼溯游上来觅食的细微声，便回家弄了些糠皮，撒在古桥上方狭长的溪水里。

第二天一早，二哥就截取桥旁竹林附近水较深的一段，两头"砌"好泥坎，让我和侄儿春文舀水。一个多小时后，溪底渐渐露出肚皮，隐约能看见鱼儿的背脊。我们欢呼起来，二哥却并不着急，示意我们继续"战斗"。

直到鱼儿都乖乖地游进那密密匝匝的竹林底部的水洼，二哥才信心满满地开始教我们捉鱼。不多久，单是鲤鱼就装了大半桶，笑语欢声洒满归途。

奶　奶

那年清明节，天空居然放晴了。我一早就去坐中巴，到焦滩乡（今神臂城镇）街上，再坐摩的回到老家，去祭奠先辈。

三爹家狭长的水泥院坝边，密密的青草缀满奶奶的坟茔，在春风里摇曳。我的记忆长河便又荡起一圈圈涟漪。

记忆中，我从来没有喊过"奶奶"，因为按川南乡下的惯例，一般称呼奶奶为"婆"。

婆，姓王，名昌学，排行老四，祖籍合江县临江镇。其老家的坝边立着一棵高大的蒲桃树，周围聚着一块块水田。

婆身材瘦小，由于出生在旧社会，不得不缠小脚，导致足弓变形，行走颇为不便。她常穿青布衣服，满头银丝打理得整整齐齐。由于祖父排行老五，乡邻们都尊称婆为"周五娘"。

土地改革时，婆带着一家子从紧靠临江镇的老街上搬迁到焦滩公社沙土村，才分得田土。祖父在外经营船只，偶尔回家。因此，操持家务、养育孩子的重担全都压在婆瘦小的身板上。她一刻也不曾卸下，直到自己的三个儿子成家立业。

婆是勤俭持家、烧锅做饭的能手。小时候，常常是她做饭，我烧柴，不多久，饭菜的香气便飘满厨房。饭后，她就坐在小板凳上，一刀一刀地切猪草，然后一小簸箕一小簸箕地端去喂猪。

一有空，婆就会背着大背篓，拿起竹耙，到处去拾笋壳，扫竹叶，捡枯枝，厨房里的烧柴总堆得像小山似的。

听母亲说，苦寒岁月里，她多次和自己的婆婆步行到离沙土村十来里地的神臂城河边，扫树叶，捡柴火，实在渴了，就到长江边捧点水喝。

于是，崎岖的乡村小路上，两道瘦削的身影，多少次弓着腰慢慢回家，只为儿孙们升起那缕淡淡的炊烟。

一次，年幼的我提着桶去溪边学洗衣服。婆立于坝边，听到我那不着调的槌衣声，提醒说："你拿口水给它喝嘛（我只是用水浸泡衣服，洗得不认真）……"

那个冬天尤其寒冷，操劳家务的婆终于抽空到30余里外的三姐家耍了几天。那几天，居然下起大雪来。正念乡级初中的我下晚自习后，踩着蓬松的雪，哈气暖手，小跑回家，发现年迈的婆不顾地冻天寒，正端着锑盆，小心翼翼地抓捧堡坎栏杆上的积雪。我连忙劝她进屋休息，她却笑盈盈地说："老幺，不关事，雪水泡盐蛋好得很……"

1993年7月，酷热难耐。我在外地参加中考期间，瘫痪卧床许久的婆不幸离世。家人担心影响我考试，没有告诉我这一噩耗。

没能送老人家最后一程，这成为我一生的憾事之一。在三爹、四叔、二哥、五哥等为婆精心筹备除灵时，我终于赶回老家，不安、愧疚的心才得到些许慰藉。

静 夜

工作以后，不管是在乡镇街道，还是在城区滨江，尽享交通、购物便利之余，也深受车鸣人喧之扰。

老家可就两样了。

有时，暑假偶尔能回去小住几日。虽说白天也是烈日炎炎，但只要太阳一躲进青山，一下子就凉快了。

傍晚，嫂子煮点腊肉，炒些小菜，有时推点豆花儿，一家人便在门前的院坝里天高地阔地吃起来。

夜里，能看见城里往往瞧不着的一弯新月、点点繁星。晚风习习，竹林舒展修长的手臂，发出悦耳的"沙沙"声。昆虫音乐会也正式拉开帷幕。人们伴随风儿，和着虫鸣，沉静入眠。

每年寒假回老家时，乡下的空气尤其清新，除了大年三十，夜晚也非常宁静。洗漱后，我总喜欢站在坝子边，看看远处的点点灯火，聆听风儿的低唱浅吟，走进老家那方山水。

虽说自己鲜有"少小离家老大回，乡音无改鬓毛衰"的愁苦，但是，自幼就到外地读书，参加工作后也是几易其地，对家乡而言，自己似乎就是一个离家滞归的孩子，难免有些遗憾。

也许，这就是那一抹淡淡的乡愁，似雾如烟。

岁月的精华

家风，沉淀岁月的精华。

它，或许只是几个简单的词语，数段家庭的记忆，却是优良的传统，良好的风尚。家风润物无声，恰如咸菜坛子，盐水不同，便泡出迥异的滋味。那，我的家风又是什么呢？觅寻光阴的长河，我想，那应该是孝亲、勤劳和爱书吧。

孝 亲

有人常感叹："婆媳、妯娌关系好难处哦……"但是，在我的记忆里，母亲从未和我的奶奶、婶婶们吵过架。

我至今还清晰地记得，上初中时，三姐和三姐夫常年在外打拼。母亲在泸县乡下照顾外孙——彬彬，平常无法抽身回老家照顾我的奶奶。多少个周末，母亲总叮嘱我提上鸡蛋和冰糖，步行近30里回到老家，代她送去点滴心意。

母亲在家排行老四。外婆去世后，较长一段时间里没能除灵。正是由于母亲的耐心劝说和周到安排，才使得习俗圆满。

每年正月初一早上，团团圆圆地吃过汤圆，大家照例请母亲端坐在堂屋或院坝的椅子上，我们三兄弟按照长幼顺序，一家一家地给她拜年。老人家一脸慈爱地站起来用双手牵起大家，温和地说："祝你们孝孝和和（和睦）的，出入平安……"

远在江阳区黄舣驿的一位表姐曾疑惑不解地问我："不晓得

你们几弟兄咋个这么孝和呢？"我想，这正是源于母亲"桃李不言，下自成蹊"的熏染吧。

勤 劳

身材瘦弱的母亲，已经年逾91岁，却比同龄人要康健一些，这应该受益于老人家一生热爱劳作。

到泸州城里居住之前的十多年里，她一直居住在位于白米村的三姐家。点麦、种菜、喂猪……冬夏春秋，四季更替，母亲忙碌得像旋转的陀螺。

有一次，正值忙碌的秋收时节，朦胧暮色里，母亲背着满满一背红苕藤回家。乡间小路窄小而崎岖，苕藤在背篓中快活地舞蹈，她一个踉跄摔到水田里，好半天才爬起来，幸好没有大碍。

这件事并没有打击到母亲劳作的积极性。

在铺着石板的大路边，那块仅约15平方米的狭长菜地，一年四季，总变着戏法，见证着"奇迹"——辣椒、茄子、豇豆、番茄……无不色彩明丽、精神抖擞，引得过往路人啧啧称赞，更给贫寒日子里的我们带来了温暖。

直到现在，母亲仍然坚持养花种草，偶尔还和三姐一道去市场买菜。在她的照料下，楼顶小花园的花儿总是依着时令绽放；每年秋天，假山旁的架子上总会缀满一串串沉甸甸的葡萄；寒冬腊月，梅花点点，辉映着门框上簇新的春联。

在母亲的影响下，我的家人中，敦厚朴实的二哥虽已年过六旬，仍然坚持耕田种地，谷仓早已加了一圈又一圈。每年吃年饭，总是他为堂兄弟们拉开序幕，坝坝宴里的饭菜香萦绕在屋后房前，诉说着乡村里地道年味的故事；三姐是"勤劳的小蜜蜂"，无论是外地的住所，还是酒城家中屋里屋外，总是一尘不染；五哥常年在外边的工地上班，回老家过年时，与亲戚朋友闲谈或娱乐过后，总是悄无声息地提着扫帚，开辟他的"第二战场"；作为老幺的我，9岁时就开始用家里的小桶挑水，走一路，洒一程。去半山坡的小水潭挑水还好一些，一遇天干，须到沟底的小池塘旁一瓢一瓢地舀水，爬坡上坎，等回到家中水缸边时，往往只剩下小半桶水。

读乡级初中时，中午一放学，我便奔回家担水。到了周末，我就和家人、九老表一起在田间地头忙碌。有时，我还挑着百十斤重的稻谷去几里外的粮站上"征购"或打米。因此，除了犁田和耙田，农活基本上我都会做一些。现在想来，正是劳作丰富了我的生活，强健了我的身体，磨砺了我的意志。

爱　书

父亲是家中长子，虽然读的书不是很多，却甚是喜欢学习、练字，空闲时，甚至还会用手指蘸水写字。

2014年3月，家住白马附近的六表爷不幸去世，母亲执意要和我们一起去给老人家送行。聊天时，好多亲戚都深有感触地说："你的老汉（父亲）每次过来走人户，都会带一两本书……"

可惜，爱书的父亲因为操劳和重病，不幸英年早逝。

记得我读小学时，三姐夫家里的书挤满高大的书柜。记忆里，学习、劳动之余，我最大的享受就是捧读那些书籍。

有一次，在一篇小学作文里，我详述了卓文君和司马相如那段曲折感人的传奇故事，并文绉绉地附上一句"花开两朵，各表一枝"。枣子村小教我们语文的李洪老师疑心顿起，放学后叫我单独到办公室，严厉"盘问"一番。当听我流利地叙述出故事之后，他才露出赞许的微笑。

中师毕业后，我最初被分配到一个国家级贫困山区的民族乡中心小学任教。在偏远的世界里，《四川教育》和其他书籍一起，在寒风呼啸、雪花飞舞时，成为我最温暖的火炉，更成为我的"知心爱人"。我对教学有了新的思考，并从《四川教育》刊载的《我与"顽童"》系列教育故事里，第一次知晓了李镇西老师。

后来，《小学语文教师》《教育导报》《教育科学论坛》渐渐拓宽了我的视野。

近年来，我结交了新的"朋友"——《每天进步一点点》《做有思想的教师》《最美古诗词》《幸福是什么》……

2012年6月，当时我主要负责学校教科室的工作，并任教毕业班语文，参加江阳区的教师考调时，笔试成绩名列前茅。

有朋友夸赞此事，我只是淡淡一笑，因为自己清楚，这应该是得益于平时的爱书、积累和实践吧。

家风是一股无形的力量，在日常生活中潜移默化地影响着我们的心灵。有人曾精辟地说："重建中国的家教与门风。我只是想让中国这样一个泱泱大国，不要丢掉家教和门风。"

勤劳、孝亲和爱书就是我的家风，积淀岁月，绵长久远，润物无声。

但愿，你的家风，他的家风，千家万户的家风，能沉淀岁月的精华，成为塑造孩子人格的无言的教育、无声的力量和无字的典籍。

腐乳的芬芳

料峭的寒风里，冬至悄然飘过。年，正轻手轻脚地向我们走来，笑靥如花。我似乎又嗅到了腐乳那特有的芬芳。

记得孩童时期，在我们那"红萝卜，咪咪甜，看到看到要过年……"兴奋、欢快的童谣声里，忙碌了一年的母亲，在冬月里，照例会亲手制作几罐腐乳，让年味更加地道。

母亲先用井水将自家种的饱满、浑圆的绿皮豆泡好，让我们学着推磨。那一次又一次被凿深的石磨，"吱呀吱呀"地唱起歌来。

白花花的豆浆汩汩流出，用粗麻布滤去豆渣。母亲将豆汁倒进大铁锅里，指挥我烧柴火。高粱秆或豆秆蹿出的火苗热情四溢地舔着锅底。豆浆煮开，母亲娴熟地用卤水把豆汁点成豆腐，再用筲箕揉压去浆，白布包好，放在竹筛里，用磨刀石压住。等汁水压得差不多了，一大竹筛白中略黄、软硬适宜的豆腐就新鲜出炉了。

母亲将豆腐切成方块，放入垫有长短一致的干谷草的竹筛里。豆腐便在时光里沉静地发酵、长毛。

约半个月，差不多发酵好了。母亲系好围裙，端坐桌前，用细长的筷子，把每块豆腐均匀地蘸上家乡那约60度的纯高粱酒，放入盘子里。盘子里混合了盐巴、花椒粉、辣椒粉等调料。母亲让豆腐块欢快地在盘子里打一两个滚儿，再放入小罐子或坛子里，倒入点菜籽油，蒙上胶布，最后系紧细绳。

每当三姐夫家有客人时，母亲才会解开细绳，掀开盖住坛口的胶布，只见盈盈的一层红辣子像是要溢出来，一方方憨厚、敦实的豆腐块寂然地躺在里面。

母亲小心翼翼地夹出两三块色泽艳、味道美、香气浓的豆腐乳，引来客人们的啧啧称赞。

"有才，拿罐你老丈妈弄的霉豆腐嘛……"辞行客人的脸上写满诚恳。

三姐夫故意说："我都舍不得吃哩……"话音未落，他发现自己的岳母大人已然在麻利地为客人装腐乳了。

渐渐地，母亲擅长做腐乳的消息像长了翅膀一般，飞到成都、重庆、昆明、苏州、广州等地。

有位老辈，在离开酒城前，再三叮嘱我的三姐："孝珍，学学你妈妈弄腐乳的手艺嘛，失传了就可惜了……"

步入2021年，此时的母亲已是九十高寿。我们担心老人家劳累，纷纷劝她不要再做腐乳了。可她仍然坚持做好几罐腐乳，说是每个儿女拿两罐，或是送给亲朋。

我想，腐乳那别样的味道，体现了家乡美食的风味，见证着老辈们勤劳的本色，更饱含着慈爱母亲的深情吧。

父亲的河流

心中的那道决口，是我一直不愿打开的洪水之闸门，冰封了40多年。

那支笔，好重，好重，似乎拿也拿不起，因为，将要写下关于父亲的故事。

父亲经常咯血，声若蚊鸣，瘦得皮包骨头，完全失去了生命的原色，疼痛时，一个字也吐不出来。他患上可怕的肺结核病，而且已是晚期。

那年，父亲终于病倒了。冷酷无情的病魔只轻轻一推，他便轰然倒地，再也没能站立。他的生命长河戛然而止，再也没有奔腾的波涛和晶莹的浪花。他那生命之树的年轮，永远定格第47个窄圈。

那年，我才4岁多。我一声声呼唤父亲，却再也听不见一丁点回应。

父亲病逝后，家人们为他洗净身体、穿好衣服，让他躺在堂屋里靠墙的一把竹制凉椅上，打湿一张草纸，掩在他的脸上。由于二哥、五哥在贵州赤水的箱板厂务工，没能赶回来。

坐夜时，人们忙来忙去，父亲一个人无声地躺在冰冷的木棺里"休息"，永远地"休息"。

安葬时，送行的队伍像一条蜿蜒的长蛇，哭声、鞭炮声响了一路。丧仪完毕，三姐背着我，飞奔回家。

犹记得，小时候，夕阳西下，父亲偶尔会牵着我的小手，沿着小路，慢慢地散步——比蜗牛还慢，约1000米以外的黑山山顶，要走好久好久。

父亲看着庄稼地，看那青扑扑的红苕藤，涨红了脸的高粱，还有那颗颗饱满的绿皮豆荚。我想，那时，他那瘦削苍白的脸庞，应该是含笑的吧。

站在黑山山顶远眺，依稀可以看见奔腾东去的滔滔长江，听见波涛的轻响和机帆船马达的轰鸣声。曾经当过多年纤夫的老父亲，这一刻眉眼轻展，眼神亮堂堂的，似乎，他又回到了湍急的江水中，耳畔是气势磅礴的川江号子，他正和工友们吃力地拉纤，粗糙的纤绳深深地勒进他那瘦弱的臂膀。

父亲年轻时曾以拉滩（拉纤）挣钱，以新路、老泸州为主，拉新路一趟5角，拉神臂嘴一趟3角。白沙修建红旗水库时，父亲也曾赶去挣工分。

抑或，他忆起了自己的父亲，他的父亲正拉着他的小手，立在自家经营的船上，望着奔涌的江水，讲述一个又一个关于长江、航运、家族的故事。

那一刻，父亲神采焕发，似乎不再是一个生命垂危的男人。

我稍大一些，听母亲说，我的祖父先是在航运公司上班，和我的两个叔公挣钱以后，买下一艘船，修补了两条船，主要运输盐巴、粮食，往返于泸州、重庆、湖北一带。

由于大桥码头不便大展拳脚，祖父便到临江镇买了铺子。新中国成立以后，祖父去了武汉，至此很少回老家。

由于突发脑出血，年仅64岁的祖父病逝于宜昌。父亲含泪捧回祖父的骨灰盒，将其埋在老家的竹林旁。

母亲还告诉我，1956年，我们一大家子从临江镇搬到团南坳屋基，挤在茅草屋里，原有的凸凹泥地，被漫漫时光和大大小小的脚掌、鞋底，打磨得又光又滑。

父亲曾在威信附近的工程队当事务长，负责管理能容纳好几百人的食堂，工作井井有条。他还把自己省下的饭票寄给母亲，以补贴家用。

由于自己的三弟、四弟还没有成家，孩子们也尚年幼，父亲毅然从铁路上回到沙土村，后被三队、四队聘为会计。

我念师范学校时，三爹总是说："老幺，你的老汉字写得好，算盘打得好，你学一哈嘛！"

我平常都是熟练操作计算器或电脑、手机上的计算器，连打算盘的基本口诀都还给了小学老师。父亲的这项本事，我终究没能继承下来。

有一年，我碰见当时担任队长的大公，他叫德云，身材魁梧，虽已高寿，仍满面红光。我赶紧向他打听关于父亲的事情。

"你的老汉死那年子好恼火哦！是我和你的三爹一起安排的。你家穷，我提醒每家每户只能来一个人坐夜。我们两个队的队长商量，把该给你老汉的工资给了，拿来办事！"大公回忆道。

三姐夫回忆，我的父亲似乎知道自己大限将至。当他再次探望父亲时，父亲拉开蚊帐，招手示意，让自己的三女婿坐到床边。父亲老泪纵横，断断续续地说："有才，老的老，小的小，你要高见（见谅）点……"

"老"，指我的奶奶、母亲，"小"，自然是作为幺儿、年仅4岁多的我。

母亲曾告诉我，我的老父亲去世时，深陷的双眼睁着，似乎在盯着什么，似乎放心不下什么……

不知是谁，好心地轻轻合上他的眼皮，父亲才得以瞑目。

父亲的干女儿曾感慨地对我说："你老汉得重病那几年，脾气怪得很！只是我和你在他的房间里耍、闹，他从来不吼我俩……"

一晃眼，42个春秋已经过去了，这段没有父亲教导、陪伴、叮嘱的漫漫时光。

家乡小溪的曲子换了一首又一首，青绿的竹叶落了一地又一地，芬芳洁白的洋槐花谢了又开，依然缀满枝头，我却再也看不见父亲的身影——除了五哥家楼房堂屋正中央那张微微发黄的黑白照片。照片中的父亲，风华正茂，他戴着一顶帽子，精神抖擞，凝视前方。

如果真有天堂的话，唯愿孝亲、爱书、勤劳、早逝的父亲在天堂里自由、健康、快乐……

这是儿女们最大的心愿。

长江，这条曾经滋养父亲的母亲河，翻滚着浪花，不舍昼夜，奔流向前……

大地的声色

壬寅年，三伏天，老家，正午。我戴好草帽，穿好胶鞋，开始晒谷子。

五哥家的水泥院坝里，晒了11挑谷子，临近幺妈老屋的水泥路左端的谷子是昨天开始晒的，右边的谷子是今早五哥担来的。

金黄的稻谷躺在平整的院坝里，安适地享受着日光浴。而我离开风扇呼啦啦转个不停的客厅，来到烈日下才一两分钟，就觉得院坝似个硕大的蒸笼，热浪透过草帽，爬上木耙，钻进鞋子，侵袭着我的每寸皮肤、每个毛孔。

我放平木耙，将谷子一半前推，一半后拉，便现出约1米宽的"道路"来，再用叉头扫把扫净，约半小时翻晒一次。

下午5点左右，我和二嫂用簸箕使劲往谷堆一戳，用早已磨得锃亮的锑瓢刮填，再往风车里倒谷子。二嫂上身着黑色短袖，下身穿黑色裤子，前段时间，她才在白沙镇医院住院一周。

二哥头戴草帽，上身着长袖黄卡其衫，下身穿蓝色牛仔裤，正在风谷子。风车发出"咕嘎咕嘎"的声响，很有节奏。晒透、洁净的稻谷"沙沙"地滑入箩筐。

后来，我协助五哥将稻谷倒进谷仓。五哥先将箩筐担进屋内，然后我俩同时用手抠住箩筐的上沿，喊着"一、二、三"，将箩筐抬到谷仓的木板边，再由五哥倒入。

中途休息时，五哥坐在堂屋的一条黑色胶凳上。他上身穿米黄色短袖，下身是齐膝的牛仔裤——裤子的左侧还张着一大一小两个"嘴巴"。他将右腿跷在左腿上，右手食指、中指夹着一根香烟，顶端的烟灰已有1厘米长。他望着坝子，似乎在思索着什么。

农忙时节，要栽秧打谷、出干谷子，乡里人哪里顾得上衣着光鲜，适合劳作、耐脏耐磨的衣物才是首选。

渐渐地，谷仓的"肚子"鼓起来，二哥麻溜地踩在小凳上，钻入仓里，用铁锹往水泥梯步的底部喂填谷子。

堂屋里原本洁净的地面上，稀疏地撒落着谷粒和尘埃。

收完谷子，我拿上毛巾去院坝旁边的小池塘清洗手、脚。在太阳的炙烤下，池塘里的水都是热的，温度正好，好似上苍赐予我们的"温泉"。池塘边有一块石板，石板的一端靠于田埂，另一端伸入水中。

水面上有生气勃勃的水葫芦，有着绿色的茎，碧绿的小扇般的叶，叶片里钻出几朵淡紫色的花，花朵簇拥着。每朵花都有四五瓣，其中总有一片花瓣的中间拥有小团椭圆形的金黄色块。

在乡村，水葫芦随处可见，生命力很是顽强。它们多数长在水里，不用施肥。

记忆里，我的母校沙土村小附近的池塘边，水葫芦尤其茂盛，还可以割下来煮熟了喂猪。

念初中时，每每暑假回到老家，我总会换上短裤，挥舞镰刀去割水葫芦。我总要请田埂上的二嫂将背篓递过来，约一小时就能装满一背篓。

煮熟的水葫芦很受"二师兄们"的欢迎，它们呼哧呼哧地吃着，小扇似的耳朵跟着抖动，显得憨态可掬。

干活之余，最大的奖励就是开阔的水面的菱角。我将菱叶轻轻地翻转，便看见隐藏在叶片下青色的菱角，选饱满的，给二嫂递几个过去。我剥开菱角外壳，白嫩的菱角肉露了出来，放进嘴里，甜津津的，很是解渴。

当然，还可以在水里畅快地游上几圈，什么狗刨，什么蛙泳，什么仰仰趴，想怎么游就怎么游。

童年时，打完谷子后，我会到石桥边的池塘里洗澡。有时，劳累一天的半斗（大谷仓斗）会载着我和春文，由两位堂兄扶着，在鸭嘴上的池塘里"畅游"一番。

在兄长们的教导下，正是在故乡的池塘里，我狗刨几次、扑腾几番，竟也学会了游泳。从此，我与水域亲密无间。

我觉得乡下女子，好似眼前的水葫芦，她们勤劳、能干，无惧夏日的炎热、冬日的严寒，下田插秧、打谷，回家做饭、喂猪。男子们劳作后，可以回家喝点酒聊聊天，她们还得收拾碗筷、照料孩子。

这天然、饱满的碧绿，不正象征着她们蓬勃的生命力吗？而那紫色的小花，正如她们含蓄的美。如果你行色匆匆或忙于生计，断然无法发现、欣赏她们。

夕阳将我的影子拉得又长又细。我来到观音庙附近，发现多数农田已干枯，收割中稻后留下的谷桩高约20厘米，有的谷桩冒出点点嫩苗。二哥时刻关注稻田水位的变化，发觉水少了便去抽水，故而他的几块田里均有充足的水，谷桩里的青绿色最多，预示着秋天里再生稻也会丰收。

田中，扎好的谷草立着，没有扎好的则散落田野。田埂上，一只雄鸡挺着胸脯，带着三只母鸡优哉游哉地觅食，随者们偶尔发出"咕咕"声。

有时你会见到在稻田里悠闲自在地觅食的白鹭，晚上，它们便飞去附近池塘边的竹林栖息。惜粮如命的农人们对于寻食的鸟儿，不会呵斥，更不会驱赶。

听二哥说，前几天打谷子，五哥、五嫂专程从复兴场赶来驰援。凌晨4点，二哥、二嫂便去田里抔把子。八点过，他们回家吃完早饭后，又开始忙碌起来，二哥踩打谷机，二嫂递谷把子，五哥拴谷草、挑谷子，五嫂做饭、晒谷子，一家人忙得热火朝天。

"足蒸暑土气，背灼炎天光。"每年打谷子时节，正是阳光最毒辣之时，也是对乡邻们的考验之际。

记得小时候，打谷子时，我做得最多的事情就是"递把子"。原来是半斗，打谷子的人需俯身拿取谷穗，有时也有人给他们"递把子"。

后来，以柴油为燃料的打谷机闪亮登场。打谷子时，往往是四人抃把子，两人递，两人踩，一人拴谷草，一人挑谷子，分工合作，井然有序。打谷子中途还要加餐，多是绿豆稀饭，佐以咸菜、豇豆或丝瓜。待休息片刻，继续抢收。

我稍大些，在兄长们的指点下，也敢壮着胆子，去踩踏打谷机的踏板。踩踏时，得力气大一些、节奏适中，不然连脚板也放不稳，双手还得紧紧地捏住沉甸甸的把子，若劲儿小了，把子会被圆桶上错落的飞速转动的铁钉"拉入"。

长子俊熹念小学、初中时，也有几次在老家打谷子的经历。他在文章《乡村里的幸福》中写道："空气中满是成熟的稻香，带些泥土的芬芳，令人心旷神怡。到二伯家，书包一丢，穿上拖鞋，我也学着大人的样子，有模有样地把谷子一层层铺在院坝里晾晒。阳光毒得很，我的额头上渗出一层层细密的汗珠。二伯端来两瓢井水，我将井水往脸上一扑，真痛快……如果你觉得大城市过于喧闹，那就偶尔来趟农家，呼吸清新的空气，采摘鲜嫩的蔬菜，聆听悦耳的虫鸣，相信你也会品尝到乡村里那幸福而独特的滋味！"

天色渐渐暗下来，附近的竹林、树林里，传来不知名的鸟雀的叫声。草丛里，昆虫们在夜风里吟唱。

我们吃了晚饭，聊了会儿天，就去休息了。明后两天，还将继续"战斗"——出干谷子哩。

回望神臂城

长江之畔的神臂城，俗称"老泸州"。

我的祖父曾驾驶他的驳船，载着盐巴、粮食，从浩荡的江面驶过，江水倒映出祖父坚毅的神情。

我的父亲当过纤夫，他曾背负纤绳，艰难缓行，江水印描出他那瘦弱的脊梁。

我的祖母和母亲，在经济拮据、柴火奇缺的年代，背着竹篓步行江边觅柴，江水曾湿润她俩干涩的咽喉。

我少小即别离故乡，外出念书、工作，江水朦胧了我恋乡的记忆。

小时候，我偶尔随亲人去河对岸的弥陀古镇赶集，往返均要经过此渡口。

多年前，一个晴爽的日子，我曾带着俊熹、周雨专程到此，驻足江岸，讲述故事，参观遗址，探寻蛇盘龟。更重要的是，我想让两个小伙子记住，树高千尺，也不能忘根，

壬寅年四月，桃李芬芳，樱桃初红，上午去大桥镇祖坟扫墓以后，我没有一刻停留，特地开车来到河边，远眺对岸。后来，我索性戴好口罩，购票上船，穿好救生衣，在渡轮上探望神臂城。

这里，就是我的故园。我立于江边，凭吊英雄的神臂城。

现在的神臂城叫"老泸村"，有3个生产队，人口近1000人，属合江县焦滩乡（现神臂城镇）管辖。从神臂嘴到东门城

门，有一条穿城而过的水泥公路。神臂山山顶平阔，屋舍俨然。

神臂城遗址就在老泸村境内的神臂山上，拥有优越的地理环境和天然的地质构造。从空中俯瞰，它像一只巨大的手臂伸入滔滔长江之中，形成一个东西长约1200米、南北宽约800米的半岛；神臂山海拔300米，西门北侧是制高点，海拔314米。

当年由木帮、盐帮、船帮共同参与，在神臂嘴临江屏风般巨大的赭色崖壁上凿出"放船依近西流"6个斗大的朱砂红字，这是光绪十三年（1887）时在渡口刻下的警句。

滚滚江水从山的北面涌来，在西南面绕过一个急转弯后向东奔去，江心一段沙碛把大江分成南、北两漕，北漕名寡妇漕，南漕名灌口，历代官家均委派滩官在此驻守，配备兵丁，征收税赋，指挥、引导船只安全通过。

此地三面环水，仅有东面与陆路相连，易守难攻，乃兵家必争之地。

自南宋理宗淳祐三年（1243）余玠率蜀军在神臂山构筑长江要塞以拒蒙古南侵始，至宋端宗景炎二年（1277）的34年间，宋蒙两军为争夺神臂城江防要塞多次展开激烈的争夺战，其间神臂城先后"五易其手"，在宋元战争后期的四川战场，显得尤其悲壮惨烈。

有民谣曰："天生的重庆，铁打的泸州。"神臂城如同合川钓鱼城一样，地势险要，固水环绕，扼长江锁水道，山是一座城，城是一座山。《元史》里记载它的次数多达67处，超过了钓鱼城。

至今，神臂城江防体系格局依旧，留有许多宋元战争的遗迹：东门城墙、东门耳城和炮台、神臂嘴炮台、小南门外一字城和校场坝、西门外石刻、城中钟鼓楼等。

在这座充满神秘传说的古城里，还有刻于明代、堪称天下第一的玄武图原型——玄武石龟。石龟周长20米，高1.88米，蹲在地面，昂首挺胸，直望北方。乌龟腹背被一条巨蟒缠绕，蛇身长21.3米，粗0.32米。石刻造像俗称"蛇盘龟"，位于神臂城遗址北门纱帽悬崖下竹林丛中的石坝上，迄今保存完整，是目前已知的国内最大的田野玄武石刻造像。龟、蛇头部相对，似默契交流，情态真切。

这尊石刻用天然整石凿成，因石而造型，因形而造意，运用写实手法，雕刻洗练。圆雕、浮雕、线刻三者融合，构思巧妙，造型独特。

2013年3月，神臂城遗址被国务院公布为第七批全国重点文物保护单位。

泸州博物馆里，有蛇盘龟的图文资料；香樟葱郁的忠山公园的百步长廊里，有蛇盘龟的字样；张坝桂圆林桂香广场的戏台底部，也有蛇盘龟石刻。

前清举人高觐光《老泸城怀古》诗云："荒台垒砺缠草根，云是营门故时堡。堡中往往遗镞留，苔花锈涩无人收。"

在神臂嘴，我看着远山近水，742年前神臂城的刀光剑影、血色黄昏仍令人壮怀激烈、心潮难平，唯有默念："滚滚长江东逝水，浪花淘尽英雄。是非成败转头空。青山依旧在，几度夕阳红……"

神臂城遗址是四川省保存最完整、最壮观的蒙宋战争长江上游古战场遗址，极具历史、科学、文化价值。

这笔宝贵的历史文化资源，应当得到科学的保护、有序的开发。听说泸州市已拟定新的规划，准备投资数千万元，对神臂城遗址进行必要的恢复重建工作。

但愿一个直观的英雄的神臂城，在不久的将来，可以真切而丰盈地呈现于世人面前。

村里的"故事大王"

据家谱记载，我的祖先是在"湖广填四川"时，来到合江县大桥镇的。太祖父子嗣众多，祖父排行老五，曾在临江镇购门面，家人经营酒肆，他则长期在外从事航运。

后来，我们全家搬到沙土村的团南坳，生活清寒。那时，五哥正与鸭嘴上的王四姐"耍朋友"。他们成婚后，把"四姐"改口为"五嫂"，着实让我费了不少工夫。

母亲通常把请王姻伯来做客的"重任"委托与我。这是我最乐意的事了。

姻伯姓王，名开华，身材魁梧，浓眉大眼，声若洪钟。他特别喜欢读四大名著、《隋唐演义》等，故事更是讲得绘声绘色。每每还像说书人一般，在紧要处"急刹车"，文绉绉地来一句"欲知后事如何，且听下回分解！"令听众们心里直痒痒，却也无计可施。

我在接他做客的路上，便缠着他讲故事；有时姻伯留宿我家，更是机会难得。每次听他讲故事，往日里定时爬来的瞌睡虫早已溜得无影无踪。听他讲得最多的是《西游记》，猴王出世啊，大闹天宫啊，三打白骨精啊，战天斗地、智勇双全的孙大圣形象就在我小小的心里立了起来。

姻伯还爱说笑。有一次，堂屋里有两桌人团聚，盛饭时大家要到紧靠灶房的墙壁边的甑子旁，六七岁的我排在姻伯的后边，等着添饭。见他添好饭，我赶紧趋前一步，说："姻伯，我都要！"姻伯正色道："你都要哇？我都想把老五给你，就是你的年龄太小了！"

大家哄堂大笑，只有我呆在原地，丈二和尚摸不着头脑，连添饭的事也忘得一干二净……

是的，姻伯是老家的"故事大王"，当之无愧。也许爱好阅读的第一颗种子，就是他给我的，这是老人家赐予我的最好的礼物。

2004年8月底，病瘫数月的姻伯不幸病逝。由于五哥在外边工地上无法及时返回，便电话委托我回焦滩代他"下祭"。

那时正值盛夏，因前几天突降暴雨，乡村公路泥泞不堪，大坑水洼遍布，我骑着摩托车寸步难行。无奈之下，我只得将摩托车寄存在临近老黄葛儿一个好心的农户家里，然后步行赶回老家。

鸭嘴上，帮忙的人们挤在天井里。我走近停放棺木的房间，只见地面不平，光线较暗，连遗照也没放。我不由暗自心酸，点上一炷香，烧点纸钱，默然祈祝姻伯一路走好。

第二天一早发丧时，我们静静地跟在后面，来到临近一块块大田的小山坡边，偌大的棺木被轻轻地放入墓地，仪式过后便是掩土，我也上前铲了一些黄土。

每年正月初一上午，我们一大家子祭扫三妈的坟茔时，我都会不自觉地望望那棵郁郁葱葱的大树，那座稍高的坟墓。坟茔没有墓碑，没有条石围砌，有的地方已经塌陷，满是杂草。那里就是王姻伯最后的归宿。

我想，九泉之下，爱摆龙门阵的姻伯一定有点寂寞吧，也许不会，这里有四季的风，有树上的鸟鸣，有金灿灿的油菜，还有"稻花香里说丰年"。

福宝　福宝

福宝古镇街道全长仅450米，却有着"中国山地建筑精华""凝固的空间交响乐""四川省最美丽古镇"的美誉。

该古镇距泸州市合江县城42千米，是川黔渝接合部的历史名镇、旅游大镇、商贸重镇，始建于元末明初，距今已600多年，以庙兴镇，故名福宝，是福宝国家森林公园的门户。

燕子岩

那是2013年暑假的一天，母亲、三姐、雨生、俊熹和我，先游赏尧坝古镇，午餐享用的是"网红美食"——红汤羊肉和时令蔬菜，三姐特地为母亲端了碗豆花。

阳光变得毒辣，三姐因有急事返回泸州，我们四人按照原计划，先坐中巴从尧坝至合江，再改乘到福宝的客车。

到了福宝街上，我们才得知目的地玉兰山景区正在修路，到自怀景区的公路已被冲断。我懊恼不已，看来旅游前应该先做足功课。

难道就此打道回府？我心有不甘，忙去问询，得知附近的燕子岩村很是凉快。我们立即赶去车站，可惜最迟的一班车已出发约10分钟，遂决定乘坐一辆长安车去追赶中巴。

道路不宽，车子的减震又不好，疾驰几分钟，眼看着实在追不到，我对司机说："师傅，干脆包车到燕子岩，开慢点吧。"

经过一道石拱桥，便到达燕子岩村。村子面积不大，却有木式老建筑，卖生活用品的小超市、卖猪肉的摊子一应俱全。

订好旅馆，母亲先洗漱休息，我和俊熹到河沟闲耍一会儿，又沿着菜地边的小道返回。园子里紫色的茄子、翠绿的辣椒，让人觉得赏心悦目。

晚餐有腊肉蹄花、四季豆汤，味道巴适。夜很静，风甚凉，我们早早地洗漱休息。

次日早上，我瞧见底楼天井里的小块菜地周围，指甲花神气十足。我不禁想起沙坪上三姐家的水泥坝子左侧的小花坛、石栏杆上的指甲花也曾这般神气，这般精神。

我们吃完面条，准备去爬山。母亲不服老，也想出去走走，便一同前去。山林蓬勃，小道弯曲，鸟鸣啾啾。过滴水岩时，我在道边选取一根木棍，作为母亲的"临时拐杖"。

一路爬坡上坎，终于到达山顶，我们的眼前一下子亮堂起来。只见群山起伏，嫩绿的枝叶在阳光的照射下很是明艳。我们掏出手机合影留念。

上山容易下山难。在两三个坡度大的地方，我先下坡，再双手托住母亲，俊熹在后边，扶住自己奶奶的手臂。

回到旅店时，外出做工的旅店老板回来了，他顺路采摘了一些野生洋茴。只见他去掉洋茴的硬皮，放入柴灶，约20分钟后掏出，洗净，切片，拌以葱、姜、蒜等作料。

好客的他也给我们端来一份，让我们尝一尝，并说自己种了几十亩地的杨梅，欢迎我们明年来参加采摘节。我们欣然应允。

第三天早上7点，我们直接坐从燕子岩到泸州城区的中巴，省事多了。

古　镇

第一次到福宝古镇，我只是在新街看了看就去了燕子岩，对福宝古镇而言我只是过客。

6年后的5月，我陪八一制片厂的两名摄制人员到福宝古镇选取拍摄返乡创业故事的典型，机缘巧合，我第二次来到福宝古镇，恰是晴天，得以一睹福宝古镇的芳容。

我来到一个小院，院里有棵黄葛树，黄葛树的树枝直达三层楼顶。围墙边种着玫瑰，香气逼人。远处是巍巍青山。大家把清茶放于方桌，悠闲地坐在竹椅上，天南海北地聊了起来。

我兴致勃勃地出去走走。古镇卧于深山的怀抱，多是两层的木楼，斑驳的木窗，古色古香。店铺多售卖干笋、竹器、篾货。

我曾听二哥说，父亲和三爹曾背井离乡在此，为竹器厂伐竹、运竹。那时交通非常不方便，他们又经受了怎样的艰辛呢。

午后的阳光轻抚着布满青苔的瓦片、洁白的墙壁、褐色的门板，给它们镀上一层暖色调，偶有绿从屋檐间好奇地探出头来。

依山而建的小街，长长的石阶已被岁月打磨得甚是光滑。青年人有力的步伐，商贾们匆匆的步履，颐养天年的老人悠闲自得的步子，孩童们欢快的脚步，欢声笑语洒满古镇。

屋后的菜地，由石板铺就的小径相连，伸向远方。

水　灾

2020年6月27日上午，正如昨天天气预报所言，下雨，降温，果然凉爽多了。

上午9点，我在某校友群见到一位师兄发的照片：一排排白墙灰瓦的房屋，偶尔有五六层高的楼房，赤色的洪水正拍打着一艘"古船"。

我心里咯噔一下，怎么看着有点像合江县的福宝古镇呢？细看配文："有张照片看着像合江的福宝古镇！"我不敢相信，也不愿相信。

没过多久，有学友又发文："福宝古镇，已成泽国。"看来我的直觉是对的！

10点钟，群内有条时长15秒的短视频。只见视频中，天空布满乌云，远山白雾萦绕，古镇低矮处的楼房已被水淹没，瓦房旁边的很多竹子已轰然倒地。滔滔洪水向东奔涌，几只鸟雀惊悸地逃过。

11点40分，群内又有一条时长28秒的视频。视频中，有我熟悉的乡音："水好大啊，雨又下起来了！水漫金山了，这还是福宝吗？"只见洪水裹挟着泥沙、竹枝，翻滚着，冲击着，奔腾着。

沈鹏先生题写的"福宝古镇"牌坊附近的老街因地处低洼之地，已然漂着竹器、木柜、白色塑料等。

我急忙查询网络信息，得知7月26日18点至27日，合江县普降暴雨，导致大小漕河河水暴涨。幸好当地及时组织疏散群众，消防冲锋舟上，身穿救生衣的救护人员第一时间沿着河道搜寻被困群众。

这时的福宝令人担忧，我盼望洪水早日退去，乡亲们的生活恢复正常，也盼着早日疏浚河道，让"福"永驻"宝"地。

莲枪声声韵味长

2013年的一个夏夜，我在旅店里吃过晚饭，决定独自出去走走。

在院坝边，我看见一位阿姨正教儿媳和孙子打莲枪。在福宝镇燕子岩村，竟然能看到祖孙三代共同练习莲枪的情景，我感到惊喜而欣慰。

莲枪属于传统民俗活动之一，而今已成为非物质文化遗产。

小时候，春节时回老家，我多次看见莲枪队伍走家串户进行表演。莲枪表演者穿着喜庆的红色演出服，脸抹脂粉，手拿莲枪。莲枪长约1米，两头各穿8个铜钱，点缀有五彩丝线。他们娴熟地用竹棍有节奏地轻拍自己的肩部、腰身、腿部和脚尖，嘴里还哼唱着"正月里来把龙耍啊，柳呀柳莲柳啊……"歌声和着铜钱发出清脆的响声，很有韵味。

我和其他伙伴跟着欢呼起来，意犹未尽之时，就紧随他们身后，到附近的村社接着看表演。

泸县百和镇的莲枪文化传承得很好，我曾经亲眼见到，在该镇初中宽阔的操场上，传承人专门到校指导学生们练习莲枪。数十位学生拉开阵势，有模有样地操练起来。

回到旅馆，见店主还没有休息，我主动找他询问莲枪的情况。店主是村里的社长，身材敦实，皮肤黝黑，只见他泡上一壶清茶，娓娓道来："现在铜钱越来越不好找了，如今的莲枪，很多是在竹棍两头分别挂上铜铃。我们这里的莲枪是在传统音乐的配合下进行，道具的作用非常明显。莲枪的动作一般有24下，用莲枪两头碰击手臂、肩、背、腰、腿、脚等部位，动作有手拍、棍碰、跳跃等，碰击过程，铜钱或铃铛发出有节奏的声音。打莲枪的过程中，还可以变换各种队形，如双人对打、穿花等。"

"哦，还有传统曲调呀？"

"有的。"他见我有兴趣，接着说道，"打莲枪的人还可以将传统曲调改编成不同的唱词，也就是常说的帮腔衬词。领头的唱完第一句唱词后，大家要跟着唱'柳呀柳莲柳啊'，唱完第二句唱词后，大家要跟着唱'荷花一朵莲海棠花'，依此类推。"

"社长，那你最熟悉的唱词是什么？"

"我们这儿唱得最多的是《四季歌》。"

说完，富有地域特色的唱词从他的嘴里飘出：

正月里来把龙耍，（柳呀柳莲柳啊）；
二月风筝手中拿，（荷花一朵莲海棠花）；
三月清明把坟挂，（柳呀柳莲柳啊）；
四月秧子满田插，（荷花一朵莲海棠花）；
五月龙船下河坝，（柳呀柳莲柳啊）；
六月花扇手中拿，（荷花一朵莲海棠花）；
七月农夫把谷打，（柳呀柳莲柳啊）；
八月十五看月华，（荷花一朵莲海棠花）；
九月里来是重阳，（柳呀柳莲柳啊）；
十月里来小阳春，（荷花一朵莲海棠花）；
冬月就把年猪杀，（柳呀柳莲柳啊）；
腊月三十把年过，（荷花一朵莲海棠花）；
初一吃的汤圆粑，（柳呀柳莲柳啊）；
全家老幼喜洋洋，（荷花一朵莲海棠花）。

回到二楼，我对母亲谈起今晚的见闻，她饶有兴致地介绍道："相传，打莲枪起源于明清时期，是农村荒灾时节，河南妇孺作歌行乞的一种方式。后来，经过人们改编，成了一种以莲枪为道具的集体舞蹈。相传从前有对青梅竹马的恋人，男的叫柳莲，女的叫荷花。荷花家富得流油，柳莲家却穷得叮当响。两人的恋情遭到荷花父母的坚决反对。于是柳莲发奋读书，终于考上了状元。柳莲去迎娶荷花时，特地让迎亲队伍把铜钱穿在竹棍上，边唱边打，热热闹闹地去接新娘子。他要向世人表明，他已不再是当年的穷小子了。因为竹棍上穿有铜钱，又称'钱枪'。"

　　原来莲枪还有这般传说。

　　当夜，我梦见自己带着俊熹，加入了莲枪学习者的行列，手里的莲枪发出清脆悦耳的响声。

随风奔跑

童年时，田埂、小路、院坝、山顶，无一不是我奔跑的"赛道"。

小学、初中时，学校的篮球场均是较为平整的土坝，每次篮球比赛，班主任都让我负责防守。我那瘦削的身体，迅疾移动，每每成功阻拦进攻者的路线。

1993年至1996年，我在边城的叙永师范学校念书。每天清晨，当起床号一吹响，我便一骨碌爬起来，穿衣，穿鞋，洗漱，跑下石梯，在同学们到齐做早操之前，先跑上两三圈，权当热热身。

晚自习课后，我回到寝室，穿上篮球服，到临近小校门的水泥操场先是跑步、倒立，再把王丛老师教的单杠、双杠动作温习几遍，然后出小校门，沿着小巷，经农业银行回到另一个校门，跑上一圈，风雨无阻。

记得有一次，学校组织全校跑步比赛，比赛的起点设于定水中学后面的公路，终点是川南道教名山玉皇观附近的丹岩小学，全程约6千米，记个人名次、团体总分。

首先是班级选拔，胜出的同学，个个暗下决心、摩拳擦掌。大伙儿都将希望寄托在班级篮球队主力的身上。

比赛一开始，不少同学冲得很厉害，落在队伍后面的我并不心急。我牢牢记住魏坚老师的叮嘱："注意节奏，双臂摆动，脚上像有弹簧，轻快有力，还得注意沿着弧线跑，按照自己的比赛节奏前进。"

渐渐地，我甩开了后面的同学。在一个"S"形弯道左侧，我见到了在冲我欢呼的邵老师和部分同学。"周小平，你跑那么快啊？加油！"他们的话语里透露出惊喜和兴奋。

有了老师、同学们的鼓励，我那原本有些沉重的脚步重新轻盈起来。在同学们的注视下，我奋力冲过终点线。"第五名！耶！"

不知是兴奋，还是什么原因，我并不是很累。于是我折返，在一道长坡处，看见阿静被两名同学驾着"跑"，她的双臂分别搭在左右同学的肩上，吃力地向前。

我赶紧跑到她的跟前，急切地问她要不要背着她跑。她虚弱地点点头。我赶忙俯下身，背上她就跑。

奔跑的故事还在继续。1996年5月，叙永县陶环路新修完毕，县里组织中师、高中、职高的学生们参加越野跑。从春秋祠出发，经西外车站，越陶环路，登入脚板山，全程约6千米。

我欣然报名，抓紧练习，并两次利用周末时间，实地踩点、练习，以便熟悉路线、分配体力。

比赛那天，我同样采用稳扎稳打的战术，最后夺得全县第六名的成绩！前五名每人奖励一件衬衣，而我得到一把簇新的花格雨伞。

"随风奔跑自由是方向，追逐雷和闪电的力量。把浩瀚的海洋装进我胸膛，即使再小的帆也能远航。随风飞翔有梦做翅膀，敢爱敢做勇敢闯一闯……"

这首《奔跑》，是我最喜欢的歌曲之一。

沉醉

The sound of flowers

山河

回望延安

川南的神臂城，三面环水，易守难攻，宋、蒙两军在此激战34年，成就了"铁打的泸州"。我，生于斯，长于斯，又与地处大西北的延安有怎样的情愫和交集呢？

梦里的延安

我是一名语文老师，也是一个文学的信徒。

2021年（辛丑年）6月6日以前，我对延安，仅仅停留在语文课本、革命故事、文学名著和影视作品中。

小学时，我曾诵读过吴伯箫先生的散文——《记一辆纺车》，我至今清晰地记得文章言简义丰的结尾："凭着崇高的理想、豪迈的气概、乐观的志趣，克服困难不也是一种享受吗？跟困难作斗争，其乐无穷。"

"……几回回梦里回延安，双手搂定宝塔山。千声万声呼唤你——母亲延安就在这里！"

这是中学课本里的诗作《回延安》，是著名诗人贺敬之先生于1956年在延安挥毫写就，表达了诗人对延安的深情咏叹。

随着年岁的增长、见识的延展，那肃穆庄严的黄帝陵、气势磅礴的壶口瀑布，无数次涌入我的梦境；南泥湾359旅抢种抢收、热火朝天的场景，多少次湿润了我的眼眶；信天游火辣的表达、独特的腔调，多少次激荡我的心房。

时光回溯11年，也是在火热的6月，在川南泸县的科研成果现场会上，我作为活动组织者之一，自告奋勇地在"主场"执教县级初中语文研讨课——《安塞腰鼓》。那激扬生命的文字，刚劲奔放的舞姿，震天撼地的鼓点，多少次萦绕在我的耳旁。

《平凡的世界》的作者路遥先生，如今静静地长眠于延安大学文汇山坡地的松柏林里；原生态歌手，因演唱陕北民歌而技惊四座；青年民族歌唱家的原汁原味的原生态唱法，带着陕北人淳朴古厚之风。

我既熟悉又陌生的陕北人民，小米、馍馍、南瓜汤喂养的陕北人民，竟这般魅力独具、能量十足！

不知何年何月，我才能看一眼陕北的窑洞，掬一捧延河水，吼一嗓子信天游，摘一朵山丹丹花。

丰盈的延安

心心念念，必有回响。

我有幸被泸州市作家协会选派，参加在延安举办的四川省作协系统党史学习教育专题培训。

2021年6月5日，我从酒城乘坐大客车抵达蓉城，次日乘坐高铁，先到西安北站，再站内转车至延安。"复兴号"整洁、平稳、迅捷，让第一次坐高铁的我内心的忐忑烟消云散。

已过不惑之年的我，终于踏上三百里秦川大地，走进圣地，来到延安。此次培训丰盈而活泼，《中共中央在延安十三年》是室内专题教学之一。

蜀中各地集结的48名文友甘当学生，冒着酷暑，拎着小凳，专注地参加现场教学活动。在杨家岭革命旧址等处，现场教学《张思德精神与〈为人民服务〉讲话》等，而情景教学则是感人肺腑的大型红色历史舞台剧——《延安保育院》。

恍惚间，我们就坐在那幢青灰色建筑——中共七大的会场，聆听毛泽东同志高瞻远瞩的报告；就在窑洞前开会，热烈地谈论着革命时局；就在枣园纺线，我仿佛看到手臂受伤的周恩来同志坐在纺车前纺线，纺车"吱呀吱呀"，纺线又细又密；在王震旅长的率领下，我们在南泥湾垦地播种、早出晚归；在鲁迅艺术文学院，聆听讲座、潜心创作、编演剧目……

民族的延安

位于延安城东南、延河之滨的宝塔山，古称嘉岭山，山高1135.5米。山上的宝塔，始建于唐朝，现为明代建筑。宝塔为平面八角形，9层，高约44米，为楼阁式砖塔，屹立于蔚蓝苍穹下，历经千年风雨，依然气宇轩昂、坚固挺拔。

自中共中央来到延安，这座古塔成为革命圣地的标志和象征。中华人民共和国成立后，政府将其归入第一批全国重点文物保护单位——延安革命旧址之中。

宝塔旁有一口明代铸造的铁钟，中共中央在延安时，这口大钟从清凉山移至此处，曾用来报时和报警。

宝塔山下，留存着许多历史文物和现代革命文物，如烽火台、范公井、摘星楼、摩崖石刻、嘉岭书院等。在历代摩崖石刻中，又以宋代范仲淹的"嘉岭山"和"胸中自有数万甲兵"等最为著名。

中央红军从1935年10月抵达陕北吴起镇起，到1948年3月离开陕北，党中央在延安转战了13个春秋，领导全国人民夺取抗日战争和解放战争的伟大胜利，为建立新中国奠定了坚实的基础。

我来到圣地延安。当我站在宝塔山上，凭栏远眺，望着那奔腾不息的延河，车水马龙的大桥，鳞次栉比的高楼，披上绿装的凤凰山、清凉山，不由得遐想追思：20世纪上半叶，信仰坚定、顽强不屈的中国共产党人，曾在这里书写了一页页辉煌的篇章。

是的，延安之所以成为进步青年心中的革命圣地、先进分子心中民族希望之所在，正是因为它的民主平等、团结进步、朝气奋发……归根结底是它坚定的理想信念以及由此焕发出的磅礴力量。

中国共产党，走过百年之际将开启新的征程。

我们在圣地延安激情讲解，在教室里深情吟诵《七律·长征》，在宝塔山上重温入党誓词，在老一辈革命家旧居和革命旧址前流连。我认真聆听讲解员充满激情的讲述，悄然间，对延安的认识变得可观可触、立体丰盈起来。

传承红色基因，弘扬延安精神，创作出无愧于人民和时代的精品力作，当是新时代文艺工作者们的使命。

时光飞逝，4天的研训在满载收获、依依不舍中结束。挥别延安之际，我记录下这样的话语：滔滔延河水，巍巍宝塔山，期待在不远的将来，能再次与你们相逢！

回望延安，再迈征程……

寻梦桃花源

"四月天气和且清，绿槐阴合沙堤平"的时日，我终于突破时空的重重阻隔，偕雨生、俊熹来到国家AAAAA级旅游景区——酉阳桃花源景区，寻访梦中的桃花源。

曾经，我慨叹于陶渊明先生笔下那神秘、灵幻的桃花源，又为"世上有两个桃花源，一个在酉阳，一个在心中"这一广告语所触动，如今，终于得以梦圆武陵。

上午8点刚过，景区大门前已是人头攒动，人们或阅读"桃花源"及陶渊明简介，或细品《桃花源记》原文碑刻，或欣赏娇艳的数枝桃花。

检票口，排队的游客们如一条蜿蜒的长龙，焦急而又耐心地等候。

验票完毕，我们三人沿着青石台阶拾级而上，只见高约30米的大酉洞洞口处，洞顶高悬，青幽险峻，似乎要倒塌下来一般。

洞前，清澈见底的桃花溪水自洞内潺潺流出，洞壁内"滴答滴答"的滴水声，如悦耳的古乐，更加衬托出环境的清幽。站在洞口，只觉清风拂面，一扫检票口的闷热，更增添了我们畅游的兴致。

由于正值"稻草人季"，洞中的平阔处，有许多稻草作品——或织布或挑水的土家族少女群像，携壶提浆的孩童，振翅欲翔的仙鹤……

出了石洞，我们顿觉豁然开朗——"土地平旷，屋舍俨然，有良田美池桑竹之属"，犹如画卷一般渐次呈现于眼前。

好一个美池！四周以鹅卵石铺路，池边广种桃树，桃花如温婉多情的女子，舒展身姿，临水妆扮。

桃花岛上，有几座典雅的小亭子，顶上盖着细长的茅草。长椅上，有游人正惬意地休息。

伴随着古朴的琴音，雾气调皮地从石缝里钻出，由岸边挤来，渐渐弥漫开去，萦绕在我的周围。雨丝抚摸我的头发，钻进我的鼻子，润湿我的脸蛋，更增添一分神秘，令我如临仙境。

池水轻浅，如一块温润的碧玉。五彩斑斓的锦鲤自由自在地游来游去，与绿藻相伴，和游人嬉戏。高耸的青山，葱茏的林木，灿烂的笑脸，无不倒映在池水里，别有一番意趣。

有的姑娘轻盈地依偎花枝，变换姿势，拍起照来；有的女子抱着小孩，娇嗔一声"老公，快点照一个"，瞬间，母子相拥被定格成永恒；一对闺蜜，娇笑着，拈枝合影，欢笑声令花瓣都震颤起来。如果文房先生有缘来此，当不会再发出"过时君未赏，空媚幽林前"的感慨吧。

还没到"陶村"，我已然远远地听见锣鼓齐鸣之声。

我们迈进门，只见小院里身着民族服饰的主人和游客们将平整的院坝围了个里三层外三层。他们欢悦地跳着摆手舞，好一派祥和温馨、自得其乐的景象。

沿着小道，我们来到桃林。家乡的桃花早已凋谢，这里的桃花依然精神抖擞，竞相怒放，印证了"芳草鲜美，落英缤纷"的奇幻之境。桃花一朵朵，一束束，一丛丛，争奇斗艳，色彩缤纷，红的娇艳，白的纯洁，粉的浪漫，蜜蜂在花间嗡嗡地闹着，真可谓"枝间留紫燕，叶里发轻香"。

不时有人在林间小道徜徉，寻找最佳的拍照位置、角度。雨生偎着桃树，挨近花瓣，可谓"人面桃花相映红"。

接着，我们游赏陶祠、民俗馆、十二生肖石等景点，每一处都有精彩的故事。俊熹欢悦地奔跑着，寻觅令他好奇的天池道、伏羲洞。

今天，我来到梦里的桃花源，感受其乐融融的情致，领略世外桃源的韵味，体味五柳先生的情怀。我偕家人不远千里来寻觅酉阳桃花源，恍惚间，似乎1600多年前的晋代大诗人元亮先生，篓背野菊，悠然前来。一丛竹，一张席，一壶茗，言说千年的传奇。

永远的乐道

坐落于酒城泸州的乐道古镇，长仅300米，宽不过2米，地处僻远，名不见经传，却拥有"中国优秀民族建筑""中国古村落"两块国字号招牌。2013年，其获评"十大四川最具保护价值村落"荣誉称号，是四川省非物质文化遗产"永宁河船工号子"和"纳溪民歌"的发源地。

仲春，周六，清晨，城市四角的天空，似笼罩着一个巨型的调色盘，灰蒙而单调。约莫7点，我独自驾车前往纳溪，好似驾着金色小艇，漫溯茫茫林海，寻觅古镇印迹，欲解心底谜团。

古　镇

景区停车场下方，条石砌成的小道，蜿蜒向前。春姑娘亲昵地呼唤着永宁河的乳名。河水听到呼唤，便哼着小曲，漾起清波。河岸菜地里的青菜、莴苣生气勃勃，李白桃红，油菜金黄，几家青瓦白墙的农户，晨炊的烟气袅袅升起——好一幅斑斓多姿的仲春画卷！

乐道古镇，原名老场沟，位于纳溪区天仙镇国家AAAA级旅游景区天仙硐，坐落在风吹岭下，永宁河东岸，距纳溪城区约20千米，至今已有千余年历史。

相传，清末状元骆成骧高中金榜，衣锦还乡，到大里岩上省亲。当地人为纪念骆状元到达老场沟，遂将场名改为"骆道场"，后逐渐称其为"乐道场"。

乐道古镇整条古街呈"S"形，小青瓦房屋，明清风格的全木结构门楼牌坊，青条石铺就的古道，被岁月的风雨和历史的重载，镂上了深深浅浅的印痕。

位于街口附近的禹王宫，相传在久远的夜郎古国时期，为防水患而建，清道光六年（1826）重建。新中国成立后，禹王宫曾作为粮仓。院内台阶两边的墙上，赫然刻着"深挖洞""广积粮"字样。

南华宫位于古街，高大的防火墙，宽大的殿堂，堂中供奉着玉皇大帝、南华帝君等。地面和香案上还置放着一些石雕残片，由此可以想见原有佛像的高大和精美。房顶那株苍劲的黄桷树，将触须伸进佛堂，似欲与菩萨们共享人间烟火。

据清乾隆二十四年（1759）编修的《直隶泸州志》记载，乐道子场建于三国时期。诸葛亮平定南方后，各民族归顺蜀汉，派使臣岁岁来朝。使臣们从滇黔入川，有水陆两路。水路走永宁河，抵江阳；陆路经乐道驿的古道渡河，住渠坝驿，达云溪，走泸州。

史料记载，乐道古镇在清代曾繁华一时，是川滇黔要冲，也是重要中转站。鼎盛时期，"木船如云，风帆无数"，每日有200余只大小木船在此装卸货物，山货、盐巴、红糖、煤炭等应有尽有，有"永宁河第一大码头"之称。至民国初年，人挑马驮的货物经由乐道子换为航运，由纳溪入长江，再运至四面八方。

遥想当年，每当夜幕降临，船桅挂灯，酒楼林立，茶铺笙歌。这一切，已成悠远绝唱。而今，宽阔的国道321线像一条银色长绸，沿永宁河蜿蜒而上。汽车替代船舶之后，人货大都走陆路，昔日繁华一时的乐道古镇日渐衰落。

古老的茶馆、酒馆，怀旧的戏楼，似乎在诉说古镇无尽的历史，场口场尾分立的大黄桷树的芽苞仿佛在吐露古镇千百年来的心事。

镇上还住着数十位中老年人，他们难舍故土，执着而坚毅地守着祖上传下来的老宅。

一方水土养育一方人。乐道古镇民风淳朴，村民们勤俭持家，心境平和，因而得以延年益寿。"箫鼓追随春社近，衣冠简朴古风存"，这是陆放翁笔下令人神往的山西村，我在乐道，亦有共鸣。

小　学

步出古街，一座石桥横跨小溪，这就是状元桥。相传，状元骆成骧前往贵州监考，路过此地，惊闻慈母病逝，不禁悲痛万分。他不忍因私废公，不想耽误监考时间，便在此处设坛祭母，故该桥得名"状元桥"。

穿过状元桥，便来到乐道独具、声名远播的"抗战小学"。它是目前国内唯一以"抗战"命名的小学，由革命先烈恽代英先生的弟子——曾子平主持捐资修建，1938年动工，两年后落成。学校为四合院格局，中间是天井，天井两侧是校舍，有20多间，清一色的石墙瓦顶，因创建于抗战时期，故名"抗战小学"。当年，这所学校除教授语文及数理化外，专门开设有军训课程。孩子们早晚出操，一周跑一次越野。还开设有拳术、刀术、射击等军训科目，教员均为驻防当地的部队军官。

谷底的潺潺流水名叫翠竹溪，溪水自大山深处蜿蜒而来，由此折而向南，汇入永宁河。

学校就藏身于翠竹溪右侧。校园被高大的香樟林护卫，两侧悬崖似斧削刀劈，崖上立有楠木、古松和杂竹。

校门两侧挂有黑漆木板，刻有隶书金字对联，上联为"学武习文报效祖国"，下联为"驱倭抗日光复山河"。诵之，百年屈辱场景浮现眼前，抗战小学师生们那壮怀激烈、同仇敌忾的民族气节，历久弥新，令人慨叹！

校门外的大黄桷树，树皮龟裂，枝丫密集交错，静静地守护着这方圣土。

石砌的菱形高台上，镌刻有遒劲有力、荡人心魄的"还我河山""驱除倭寇""抗战必胜""中华万岁"等字样。石生绿苔，字迹模糊，平添了厚重的历史感，让人油然生出敬佩之情。

飞　瀑

我沿着夜郎大峡谷，前往郎湖右侧的瀑布，遇到往回走的一对年轻夫妇，赶紧上前打探。"黄桷树瀑布沿途景色漂亮得很哩！"友善的话语，惊喜的神情，令我不由得加快了上山的步伐。

黄桷滩在乐道溪右侧，此处谷幽林深，原始风貌完好，沟两岸峭壁耸峙。沟里的石径如斗转蛇行，出没于竹林之间。岩上红叶，坡里红籽，溪中奇石，其乐无穷。

柳宗元在《小石潭记》中云："隔篁竹，闻水声，如鸣珮环，心乐之。"此文给人以清幽惬意的遐想。1400余年后，我心绪如斯。

穿越竹林，我终于见到黄桷树叠瀑的芳容：两层叠瀑，飞悬流淌，洁白晶莹，丝丝缕缕，似巨幅玉帘。其左右是青绿的藤蔓，冒出点点绿芽。

黄桷树瀑布两侧竹林里的，笋壳，有的夹于竹间，有的还未脱落，更多的挤在竹底，叠罗汉似的。竹叶随意、妥帖地铺着，一张张，一层层，一堆堆。都言"落红不是无情物"，不起眼的焦枯的竹叶何尝不是如此？它们在空中打着旋儿，与丰沃的泥土轻吻，于丰沛的雨水里、湿润的空气中，逐渐腐烂，变成肥料，滋养大地。

临近瀑布的一块石头，不知规则为何物，身披青绿的苔藓外衣。我正细瞧，不承想一只毛毛虫闯入我的视线。其长约1厘米，宽约0.3厘米，多足，头部白色，尾部深褐色，两根触须不停地摆动、探寻。它缓缓爬行着，不知是徒步健身，还是巡察领地。

沐浴春光，置身林中，瀑声阵阵。此地此刻，我独坐竹林下布满青苔的石头，似一尾小鱼，漫游于绿色海洋，自在，逍遥。

耳中满是涛声，我的每根头发、每寸皮肤，无不浸在这自然、灵动、不止的声息里。我放空自己，渐渐忘记了瀑布，忘却了竹林、毛毛虫，也忘怀了自己。

我原路返回，沿着大峡谷，穿过全福门，奔向被誉为"云溪第一瀑布"的鳞光瀑布。

下午2时许，我终于行至鳞光瀑布处。此时，太阳已躲进云层。只见观音岩下的鳞光瀑布上端窄而急，溪流从60米高的断层峭壁上腾空跌落，冲击荡开，直至深潭，其形肖天河倒泻，其势若飞虹横空，其声似万马奔腾。一颗颗，一串串，一簇簇，从天而降，永不停歇。水雾、水汽、水珠扑面而来，诚如唐代施肩吾所言："豁开青冥颠，泻出万丈泉。"

水沿着神兽的四趾般的水道，奔流向前。潭底的几方顽石，模样古怪，如卧于浅潭的玄色神牛、玉蟾，滑如墨玉——因着瀑布和时光的打磨。

潭水正前方伏着一方石，似巨型青蛙。其右前方，一块赭色巨石斜而不倒，是二郎真君的三尖两刃刀刺破而降吗？

瀑布内侧的岩石呈黄褐色，如佛经一般厚重，为大自然的伟力所移换、切割、抬升，令人慨叹其鬼斧神工。

几只鸟雀叽叽喳喳地从我的头顶翩然跃过，它们是在婉转地提醒沉醉的游客归家吗？

是的，乐山，乐水，乐道，在此融聚。倘若需要荡涤心灵，可来此地，回眸古镇，自由呼吸，静然发呆。

驱车返泸途中，我即兴口头创作了《题乐道古镇》一诗：

"瀑若珠帘当袖舞，蜿溪似龙潜底行。竹乡画廊生机盎，乐道古驿美韵盈。"

"半山半竹半坡茶，一花一湖一酒家。"这里是纳溪，是被亚太旅游联合会评选的"最美养生休闲旅游名区"。乐道古镇，一步一景，古朴恬美。这颗川南明珠，璀璨夺目，值得游赏。

是的，"纳"里很美，"溪"望你来。

轿子顶游记

轿子顶，海拔约1260米，雄踞于泸州市古蔺县城北面。传说，山巅那块巨石是四位神仙用轿子抬去的，因而得名。

1996—2002年，我一直在该县箭竹乡工作。6年时光里，我曾爬过好几次火星山，对轿子顶"一览众山小"的绝景心生羡慕，却从未亲临。

近年来，我在微信朋友圈多次看到文友们分享的关于轿子顶的诗文，如"雄峰直上天九重，山河入目气无穷。对饮宜邀李太白，几入凌霄缚蛟龙"，撩拨起我游览轿子顶的念头。

庚子年8月19日上午，和叙永师范的一众同学送别阿川的爱子之后，回到城区，我提议去爬一爬轿子顶，大家一拍即合。

阿杨兄弟开着新买的越野车，一踩油门，载着我们从金兰大道右转直奔火星山，在大拐弯分路，向左继续前行。

跟上来的阿梅曾驾车到过轿子顶。这是她第一次驾车走此路，在弯急道窄的山路上行驶，一个不小心，一个轮胎居然陷入沟里，幸无大碍。她们央人帮忙拖出车，同车的阿慧、阿芳、阿容只得一道返回，留下我们孤军作战。

汽车行驶到一户农家，正在自家菜地摘菜的阿姨热情地请我们喝茶。着长裙、穿凉鞋的阿倩借得一双黄胶鞋，做好了登山的准备。

约上午11点半，阳光分外热情奔放。打听清楚路线后，我们兴致勃勃地出发。

沿着农户屋后左侧的小路前行，只见林木森森，野花朵朵，金秋的山野依然生气蓬勃，草木散发出的浓烈气息将我们重重包围，都快让我们"氧气中毒"了！

刚开始，路还好走一些，大家轻松地谈笑着，摸摸草、赏赏花，交流名称，好似正进行轿子顶植物研学之旅，把生物课搬到了大自然的偌大怀抱。

走着走着，依稀只见路的痕迹，似乎已经好久没有人走过，我们怀疑是否走错了，但又想起农户家壮年男子的提醒："快到石梯那截路，草把路都遮了。"想到此，我们坚信方向正确。"明知山有虎，偏向虎山行。走！"便继续行进。

原本阿杨冲锋在前，可能是见到草木太盛，自己穿的又是齐膝短裤，便"退居二线"了。我寻到一截木棍，作为武器，在前面开路，用木棍拍打茂盛的草丛，拨开伸到路道中间的草叶，以掸去露水，更为了防备浓密阴凉的草丛下面可能有蛇，正所谓"打草惊蛇"嘛。

渐渐地，灌木、野草的叶子愈加密密匝匝，太阳明晃晃的，我们4人饥渴交加，好似一叶孤舟，漂浮在波浪滔天的茫茫大海。平时吾辈皆牢记"不攀折花木"的环保警语，可此情此景，对此等"拦路虎"实在怜香惜玉不得。我们奋力抢起短棒，或挑开，或劈打，硬生生地辟出一条路来！

"世界上本没有路，走的人多了也便成了路！"鲁迅先生的警语，犹在耳边回响。

阿静见我已经大汗淋漓，主动提出让她来试试，还说她小时候可是打猪草的行家。只见看似文弱的她，左手拉草，右手持棍，虎虎生风，有藤蔓掩路的，直接用脚踩踏，并乐观地说："可以像跳皮筋一样，一跳一勾一压……"

这，我让认识到了一个不一样的阿静，看来，"静静"之称谓名不副实。在边城叙永念中师那3年，我曾和阿杨钻大树母猪洞，探两河双桥，游冬雪丹岩，自诩冒险精神十足。看来，阿静在这方面果真是巾帼不让须眉。可惜发现太迟，不然在那激情燃烧的探险岁月里，我俩会多出一名骨干"驴友"。

阿倩就不一样了。她说自己的二宝昨天刚满2岁，这是多年来她第一次来一场说走就走的旅行。但她时时惦念着家中即将断奶的二宝，今早又穿的是夏裙，那个寸步不离的小包上赫然印着"某某鲜奶"4字。没走多远，她就打起了退堂鼓。我们叫她回农户家等我们，她不干；让她在途中等我们返回，她又胆怯，于是只得挪着步子落在后面。

离崖壁大约只有30米处，满地疯长的葛藤有一人多高，我和阿静的右手掌均被磨出了血泡，但我们仍然奋力开路，希望能出现奇迹。

"快看，八月瓜！"眼尖的阿杨大呼。这下他似乎找到了新的动力，更加来劲了，再也顾不得随时可能划伤自己小腿的藤叶，主动请缨打头阵。

终于来到岩壁下方，只见斜坡的前方、左右两侧的灌木横七竖八，浑身长刺，我们小心翼翼地弯腰、俯身、前拉、后推，过了"雷区"。我发现岩层里嵌有如许鹅卵石，想来数千万年前，轿子顶一带应该是海洋或河流吧，因为地壳运动形成了今天轿子顶的峰峦叠嶂。

八月瓜生长于盘曲的藤蔓，青绿色，表皮有点粗糙，乍一看有点儿像香蕉，单个的，成双的，几个的，还有四大两小长成一串的。此时此刻，我们又累又渴，原以为可以借八月瓜来解解渴、缓缓劲，不承想它们都是青色的。阿杨变身"生物学家""摘下来放几天，黄了才吃得。"我们只好咽咽口水，"望梅止渴"。采摘硕大的八月瓜时，阿静阿倩像摘仙桃似的，边摘边介绍功效："八月瓜，吃了可以美容养颜，要吃的快点来哦！"我拍下视频，记录下了这个苦中作乐、苦尽甘来的场景。

我们手脚并用，沿崖壁攀爬了一段，山壁、灌木、杂草依然铁青着脸。

没有路！传说中必经的地标——倾斜度高达70度的几十级石梯连影子都没有！我们不得不承认，今天完美地"偏航"了！我们的手掌、上臂无不留下与草木、藤蔓"亲密接触"的痕迹。不知何时，阿倩的后颈凸起了一个硕大的红疙瘩。

遗憾之余，我们却没有丧气，准备原路返回。看着我们"开辟"的道路，满满的自豪感涌上胸腔。这条路，让我们忆起美国诗人罗伯特·弗罗斯特《未选择的路》中的名句："但我却选择了另外一条路，它荒草萋萋，十分幽寂，显得更诱人，更美丽；虽然在这条小路上，很少留下旅人的足迹。"

我们纷纷拿出手机，拍照留念。近处是蓬勃的野草、藤萝，城区星罗棋布的建筑卧于群山的怀抱之中，远处是群山，头顶是白云和蓝天，绘成一幅奇美的画图。

我们一行4人，均已年近45岁，在别人未选择的路上，怀着雄心，协力共进，披荆斩棘，领略探索的奇趣，欣赏别致的风景。

返回时，由于路窄地滑，"探险家"阿杨居然阴沟里翻了船——下坡时摔了一跤。阿静眼疾手快，边拍下精彩瞬间边打趣道："不要爬起来，相照了哆。"阿杨爬起来时，顾不得鞋子、裤子上的泥巴，先看了看原本攥在手里那串造型别致的八月瓜，一副痛惜之情——被自己分量十足的屁股一砸，瓜儿已变成歪瓜。

回到农家场坝，阿姨正在摘自家种的白菜："我的手脏得很，你们自己倒茶吃哈。"谢过阿姨，我走进新建的楼房里整洁的房间中，拿出茶壶、茶杯，为大家倒茶。"战友"们一饮而尽，纷纷赞曰："好茶，解渴！"农家的山茶，俨然成了我们眼里的名著。

回到金兰大道附近的餐厅，已近下午两点半，正等着我们吃午饭的阿弟、阿梅看到图片、视频，听着我们将原本游览的"事故"演绎成惊险的"故事"，嘴巴张成大大的"〇"形。

是的，在师范毕业逾24年的日子里，偕众同游、共赏轿顶日出的种子，已在一众学友的心里扎根、抽芽。

冬游金佛山

初冬的一个清晨，晓雾将歇，我们乘着大巴前往有着"东方阿尔卑斯山"美誉的金佛山游玩。粉妆玉砌的冰雪童话世界，呼之欲出。

景区门口检完票，我们坐上中巴，沿着陡峭的盘山公路前进。一开始，我还能看清玻璃窗外的山壁、树林。中巴越爬越高，我隐约看见山下腰带般的细长公路。不多久，雨雾渐渐围拢过来，笼罩住一个又一个山头。窗外，雾海奔涌。

到达缆车上行区，我们乘坐8人一组的缆车，缓缓上行。起初朦胧一片，约莫上行到索道的三分之二处时，突然，一个眼尖小伙子惊呼："雪！"循声望去，缆车侧下方果然有雪！崖上树丛的雾凇伸出千万条洁白的手臂，似乎在欢迎远行至此的客人，真可谓"柳树结银花，松柏绽银菊"。

中午时分，我们来到"九递探源"。此时雪花纷纷扬扬，天空灰蒙蒙一片，屋顶全白了，整个大地穿上了洁白的纱衣。

附近的许愿树——实际上主要是几丛灌木，每根枝丫都晶莹剔透，一点也不扎手，高低错落地挂着祈福的红绸条。它们被雾凇冻住，宛若沉醉在冰雪世界的一束束火苗，正熊熊燃烧。

凭栏远眺，一望无际又婀娜多姿的雪树银花，高低错落，纯美曼妙，一切都如梦似幻。晶莹洁白的雪花缀满枝头，到处是水墨丹青，到处人头攒动，到处是惊叹赞美之声。

伫立在山林的雾凇之间，经受一番"寒彻骨"的洗礼，感受如梦似幻的世界，品味千姿百态的杰作。那一刻，我的心渐渐沉静，似乎也变得空灵起来。

人们难掩惊喜之情，无不想留下永恒的瞬间。他们有的用自拍杆"咔嚓"不停；有的用专业相机，选角度、按快门，俨然摄影师；还有的三五成群，紧紧地偎在一起合影留念，定格幸福。

一个穿白色羽绒服的姑娘，略施粉黛，侧着脑袋，双手仿佛绽开的花蕾，娇嗔着让女伴快点给她拍照。

打雪仗的机会来了！赏雪景的一群小年轻，有的捧起未凝固的雪花，捏了又捏，趁同伴陶醉于美景之际，来个突然袭击。"嗖"的一声，雪球正中目标。"好啊！你偷袭我，看招……"一阵阵自由、欢快的嬉戏声似乎快把树上的雪花震落下来了。

小孩子们"全副武装"——穿着厚实的外套，围着围巾，就像一只只胖乎乎的小熊猫。他们可不会乖乖地被大人"摆拍"，纷纷挣脱大人温暖的怀抱，忘却严寒，自顾自地玩起雪来——有的用塑料铲子，使出吃奶的劲儿铲雪；有的像模像样地堆起了雪人。他们的脸蛋红扑扑的，好似秋天缀满枝头的苹果。

我们小心翼翼地紧扶栏杆，挪步来到观佛崖。远处也是白茫茫一片，只见到栏杆右前方险崖兀立，茂密的树枝上全是雾凇，恰似一树树晶莹剔透的白珊瑚。

满怀好心情，我们接着来到地势较平坦的"金龟朝阳"碑刻处。举目远眺，真是"漫岭雪朦胧，欣然凝作琼"！艳阳下才能一睹真容的奇景——"金龟朝阳"，此刻，隐于雪地，不知所终。

原本我的心里痒痒的，特别想体验一把"绝壁栈道"那心惊胆战的感觉，苦于雪天路滑，栈道关闭。只见告示牌里边的小道似铺上了白色地毯，弯弯曲曲，伸向远方。

栈道旁的树林，同样缀满雾凇，真是"忽如一夜春风来，千树万树梨花开"！和着下面繁密的竹叶、红艳的绸带，绘成一幅别样的冬景图。

临下山时，索道场馆外，雪下得更猛了，飞扬的雪花扑面而来，似乎想和我深情拥别。

原本想，若能在重庆金佛山观赏到久违的冰天雪地足矣，不承想，却得以领略北国特有的雾凇奇景，饱览漫山遍野的银白世界，游赏"山舞银蛇，原驰蜡象"的壮美景观。

情驻龙凤

9月13日，小河潺潺，鸟鸣啾啾，教育帮扶凉山州会东支教团的18名老师以同游龙凤山的独特方式欢度中秋节。

公路边的鲹鱼河欢歌着奔向远方，来自8个省区的团友们边走边聊，信步来到龙凤山脚下。

龙凤山位于会东县城南郊，因酷似振翅高飞的凤凰和拥有一眼间隙喷涌的古龙井而得名。山门矗立，上书"龙凤山"3个繁体大字，凤舞龙翔，色彩鲜丽，檐角欲飞。可惜还未修建完毕，我们只得从围墙右边绕道而上。

山脚，南瓜藤疯长，不断地扩张地盘。玉米才刚结出棒子，穗子青青。路边，土里，坡上，野生的喇叭花这儿一朵，那儿一串，还有的利落地攀上树，数十朵一齐绽放，纷纷扬起红扑扑的脸蛋，吹响喇叭奏鸣曲，向休闲健身的市民、来自异乡的游客问好。这里简直是喇叭花的海洋！它们为绵延、葱郁的龙凤山绣下了一道道艳红的裙边。

团友们看我拿着手机拍了又拍，纷纷打趣道："平哥，你是喇叭花的忠实粉丝哦……"

"就是，就是……"我浅笑着用"川普"回应。

栈道由一块一块整齐的石板铺就，约2米宽，栏杆上雕刻有廉政诗文。如此，市民们在锻炼休闲之余，耳濡目染，受到熏陶，一举两得。

鸟雀叽叽喳喳，虫儿浅吟低唱，登山石梯像一条风中的绸带飘向远方。不知不觉，我们来到一个大型观景台。观景台地面由木板铺就，倚栏远眺，全城美景尽收眼底。只见会东主城区卧在群山环抱的河坝地区，小河穿城而过，高楼林立，车水马龙，和文中学簇新的运动场尤为醒目。学校似乎正在进行师生演练，动感的音乐飘上山峰。

倚着栏杆，大家纷纷以远方起伏的青山、侧下方的县城为背景，或自拍，或合影。我请当地的一个小伙子帮我们拍照，他欣然应允，将畅游龙凤山的难忘瞬间定格为"全家福"。

为助力凉山教育补齐短板、提档升级，为脱贫攻坚献智出力，北京教育学院培养基地会东县支教团的成员们离乡别亲，来到凉山，相聚会东。

年年秋节，今又秋节。摩诘先生有诗云："独在异乡为异客，每逢佳节倍思亲。"可是，别离小家，共建"大家"，支教的岁月里，18名团员互帮互助亲如一家。这样的中秋节，也许会成为大家更久远的记忆吧。

大家休整片刻，继续登攀。当太阳被云朵遮掩时，较为凉爽；只要太阳顽皮地溜出云彩，光线便很是强烈。幸好大家有备而来，撑起遮阳伞，继续前进。

随着山势渐高，大家的脚步缓了下来。来自天津的莉姐说："还有多远呢？我快撑不住了……"支教团的生活委员——家在辽宁的金姐，眼疾手快，将自己遮阳的青色长柄伞收拢，变戏法般变为一根"拐杖"，递给莉姐。莉姐感激道："这可不是瞌睡来了遇到枕头……"

其时，我见到一位正健步下山的大叔，身材较矮，却很精壮，他提着一个大袋子，里面都是蘑菇。好奇心促使我脱口而出："师傅，您袋子里的是什么菌子？"

"掐掐青。"

"掐掐青？有的菌子有毒，您可要注意点呀！"

"这些菌子没毒，煮来吃味道巴适得很！"

"那您什么时候到的山顶？"

"早晨6：40。"说完，他继续往下走，一会儿就没了踪影。

"6：40？周末的我们都还在梦乡呢……"我边爬山边嘀咕。

与同行的那个兄弟闲聊时，才得知他是本地人，今天陪就读和文中学的次子爬山。他解释说："为啥子叫捎捎青呢？用手指刮伤菌体的话，会出现蓝绿色。煮熟了，味道不摆了……"

哦，世间竟有这样神奇的蘑菇？以后定当一探究竟。

"会东县地处云贵高原西北边缘部分，位于横断山脉的会理——东川段，日照充足，平均气温16.2℃，森林覆盖率45%，绿化率80%。"老乡热情地介绍，"这座山原名'瞭望台'，正建设城市森林公园，配套高品位观光台、生态鸟语林、品茶休闲亭、步行观光道及其他基础设施建设，将来是市民们健身娱乐、旅游观光的好去处。"

辞别老乡，来到离顶峰还有约五分之一的位置，山崖边有一个凉亭，几个游客正在休息。"一山有四季，十里不同天"，这话一点也不错。到了这里，竟有些许寒意。

风呼啦啦地吹，如果不使劲地拽着伞柄，伞可能就会"不翼而飞"。那一阵一阵凉爽而劲吹的山风，自由地嬉戏。我们纷纷拿起手机，录下视频，想从树枝和青草欢悦的舞蹈中，寻觅秋风自在奔跑的身影。

继续爬山，在离凉亭约100米的拐角处，来自辽宁、乐于助人的春明兄利用有超广角功能的手机，给处于第一梯队的5人拍照。我们分立梯步，身处秋阳照耀，背后是会东城区，远处是绿色海浪般奔涌不息的层层叠叠的山峦，上方是变化莫测的高天流云。"山高人为峰"，那一刻，我们似乎化身为龙凤山的一尊尊立体雕像，与景区浑然一体。

"不到顶峰非好汉！"团友之间互相打气。我、苏哥等几个冲到前头，率先来到修建中的钟楼旁。只见其主体建筑有5层，坐南向北，檐角飞立，脚手架、防护网等还没有拆除。地上有裸露的赤色土壤，放着许多钢筋、木板，连一个建筑工人的身影也不见，应该是中秋节放假的缘故吧。

我绕到钟楼后边，到处是松树，路道还未修缮完毕。

于是，开始折返。俗话说"上山容易下山难"，四川话中亦有下山时"脚杆打闪闪"的生动描述。团里的男士们倒是比较轻松，那几位中年女士就"度日如年"了，颤巍巍地一步一步地挪。她们痛定思痛，响起豪言壮语："从明天起，我们要当锻炼达人！"

有几个十四五岁的小伙子，结伴而游，其中一个的背包里响着动感音乐。他们生龙活虎，身形矫健，笑语欢声，从我们身边"飞"上山去。

下到山脚，见到游览返程的母女3人，母亲落在后边，斜挎肩包，左手拿伞，右手提壶。小女儿约莫4岁，着短袖长裤，迈着小腿，似轻盈的小鹿，冲在最前面，而居中的姐姐，扎着马尾辫，盯着妹妹，满是关切的眼神。不久，母亲快步上前，和自己的大女儿分别牵着小女孩的小手，一家子谈笑着亲昵地下山去，渐渐地消失于我们的视域。

在万家团聚的中秋佳节里畅游，那醇厚的友情，和美的亲情，永留龙凤山。

回望龙凤山，喇叭"声"里，钟楼巍然，青山起伏，云朵悠然。相信不久的将来，秀美的龙凤山会愈加生机勃勃、活力无限。

大美鲁南

  深秋，周日，清晨，鲹鱼河一路欢歌，附近的山峰隐于浓雾。上午9点许，支教团的几位团友，在几位当地朋友的陪同下，慕名前往"川滇明珠"——会东县的风情园、鲁南山，聆听鲁南山的秋语。

  起初，雾较浓，阳光如一盏巨大的探照灯，刺穿迷雾。山势渐高，雾气散开，窗外的阳光慷慨地拥我们入怀，如同豪爽重情的凉山汉子。

  先前是泥石路面，从三岔路折向彝族风情园时，水泥路展现于眼前。

  到野租乡时，只见房屋外墙上绘有许多彝族的风物画，右边是一大块药材地，药材约半人高，米黄色，一眼望不到头。

  到了风情园，好几栋两层小楼围着宽敞、整洁的水泥坝子，餐厅、度假酒店、民俗展示厅一应俱全，二楼悬挂着朱红色的灯笼，紧挨木质栏杆的白墙上绘有彝族的图文，栩栩如生，彝家的生活气息扑面而来。

  清溪旁，花盆里的芍药残留着几片枯叶，旁边的月季紧靠着钢架生长，它们"拽住青春不放手"，红的，白的，花朵出奇地大，我从未在别处见过它们。

  偶遇一位身穿彝族盛装的女子，我主动招呼："小妹，请问你贵姓呀？"女子大方地回答："鹿！""能请你帮忙拍张照吗？谢谢！""好的！"她欣然应允，定格一瞬：一株比我肩膀还高的月季挺立在沃土里，一朵红艳的花，十来个花骨朵，在秋风里尽情地舞蹈，可是彝家的曲子么。

沿着溪边的滨水步道溯流而上，踏过玻璃桥，找到源头——海拔2800米的野租泉，泉水源自山峦深处，在龙形雕像的爪子下流出，咕噜咕噜地冒着气泡。小浩说："平哥，喝一点吧，比矿泉水还好喝哩！"

我赶紧洗洗手，清爽感沿着手臂直通全身，抵达每一个细胞。双手捧取，痛饮几口，甚是清爽甘冽。同行的罗兄喝了几口泉水，干脆一股脑儿倒掉保温杯里的开水，灌满一杯清泉。

近旁竖立着一块木牌，上有汉语、韩语、日语三种文字，细读简介，才知晓野租泉是野租燕麦酒的水源地之一。该泉四季长流、晶莹剔透、甘香清冽，如此的天然泉水，才造就了野租燕麦酒的纯正馥郁。

乘兴游览栈道。先是斗折蛇行的木质栈道，大家边走边聊。山脚，白色、黄色的小花露出盈盈笑脸，和蓬勃的野草一道，为野租山绣下美丽的花边；山上，是低低高高的华山松。

不多久，我们见到一位个子不高、打柴归来的阿姨。她头缠紫布，身着蓝衣，脚穿胶鞋，缓步下坡。

我快步上前，用四川方言问询："嬢嬢，您慢点！今年高寿呀？""81岁。"我默念："81岁了？老人家，您勤劳的本色如青山一样不会老去。祈祝您健康长寿。"不知怎的，万水千山之外，居住在酒城泸州的母亲那瘦削的身影竟奔入脑海。她今年米寿，和这位嬢嬢同样勤快，一样为子孙操劳一生……

继续前行，彭姐让我认识路边的两种草药——翻白叶、犁头草，仔细一瞧，第一种有椭圆形的绿色叶面，轻轻翻转，背面居然全是灰白色，茎上还有细小的白毛；而第二种那深绿色的叶片略呈三角形，恰似铁犁的形状。

一切都是闻所未闻、见所未见，一瞬间，觉得在浩瀚的植物世界里，彭姐是生活在海边的"少年闰土"，而我就是那"迅哥儿"，只看见院子高墙上四角的天空。

走到松林边，眼尖的她惊喜地招呼我："快来，有小黑菌！"

按照她教的方法，我蹲下身子，贪婪地嗅着泥土的气息，眼睛像扫描仪似的来回查探，尽量在松树的根部，堆积松针较多的地方去寻觅。翻一处，没有；再翻一处，也没有。继续寻找，功夫不负有心人！有一朵小黑菌，躲在松针搭成的小房子里，戴着灰褐色的小帽，与六叶草相伴，和青蕨基为邻。

我轻轻地拨开松针，小心翼翼地拔起，将其根部的泥土弄掉，再弄去沾着的泥土。不多久，我们的袋子里就有小半斤了。

渐渐走进松林深处，树干有六七米高，直径约10厘米，多数松针已被秋天染成浅黄色，余下的仍葆着绿意。光线渐暗，周围太静了！偶尔听到几种鸟雀悠远的啼鸣，余下的就是自己的呼吸声。我闭上眼，仿佛自己的头发成了青葱的树梢，手臂变为舒展的枝条，双脚成为钻进土壤的树根，吸收大地的丰沛养分。

采完菌子，跟上来的彭姐轻唤几声："小平，继续走吧！"我才回过神来，顺着由长方形的石板铺就的小道前行。走出松林，在阳光的洒照下，只见山腰有一堆柴火，约一人高，有干的木块，青皮的树枝，周围是小灌木和草丛。远眺，层层叠叠的山峰，小心地呵护着卧于自己脚边的青瓦白墙的民居和彝族风情园。

回到风情园，几位脸庞黝黑的彝家兄弟扛着锄头劳作归来，一个彝家小男孩背着自己的弟弟，说着，笑着，紧跟在后面。

离别风情园，见到有的山顶卧着一排排灰黑色的物件，原来是达拉寨光伏电站铺设的晶体硅太阳能电池组件。

直奔鲁南山的公路真叫"山路十八弯"，先前我们眼里的那些"高山"渐渐地沉了下去。

来到海拔2200多米的大跑马坪，好几个风电车矗立山巅，巨人般的三只手臂在风中挥动。

坪子的旁边，因风化和雨水冲刷而形成的鲁南石林，那无数黑黢黢的石头，或高，或低，或立，或倚，或卧，奇形怪状，似枯裂的松皮，似被刀砍斧劈，又好似被天火熏烤，蔚为壮观。我仔细一瞧，居然有苔藓紧贴着石林的石壁顽强地生长，这里的翻白叶与松林边的迥乎不同，正面主要是褐色。它们的旁边还开着不知名的小黄花，五瓣花朵，蕊心舒展，在秋阳下尽情地绽放。

神山鲁南啊，你曾经是波涛汹涌的大海，还是地壳运动将你抬升……

风飕飕地劲吹，脚下的山峰有浅草覆盖，山形柔美，似中国画的墨笔勾勒。俯瞰，沟壑纵横；远眺，一山叠一山，一峰重一峰，境界十分开阔。这一刻，我们对"一览众山小"的认知最为真切，纷纷拍照留念。

农历六月二十四日，是彝族同胞们一年一度的火把节，听友人介绍说，这儿人山人海，少则两三万人，多则10万人。我的眼睛似乎确凿地看到骏马驰骋、尘土飞扬的壮景，耳孔里好似满是挟持风雷的马声嘶鸣、人声鼎沸。

移步另一座山头，阔叶林上空，天分外的蓝，仿佛用湖蓝涂抹一般，云可多样了，似棉花，似轻纱，似走兽……变化多姿。

大家休整片刻，开始准备冷餐会。

选一处平地，铺好塑料垫，摆上水果、面包、卤肉和凉面等，打开两瓶拉玛荞麦酒，大家边吃边聊，或坐或走，用荞麦酒、啤酒或饮料，相互敬酒，划拳行令，连许久不曾见到的"棒打虎"也登场了，欢娱声飘得很远很远。

恰巧会东县文旅局的两名工作人员路过，我们便邀他们一起喝酒、聊天。

他们热情地介绍道，鲁南山距离会东县城约30千米，是会东县的主要山峰，其景观与植被随着海拔的变化呈现出垂直的特征。连接大小山头的是连片的草坪，其中大、小跑马坪面积都在1平方千米以上，已成为10万人踏青、郊游、避暑和节庆活动的主要场所。跑马坪东西两侧是视野开阔的观景平台，鲁南山作为著名的分水岭，呈现出两种截然不同的自然景观。山上汇集森林景观、生态景观以及地质奇观方面的优势资源，因此正在建设鲁南山森林地质公园旅游区。

会东县文旅局的那位年长者说："鲁南山上的植被以华山松林为主，是会东松子的主产区，已成为会东的一大产业，会东松子获批为中国国家地理标志保护产品。鲁南山上的黑山羊更是肉质细嫩、营养丰富，自然放养，喝的是山泉，吃的是高山自然生长的青草。用黑山羊肉做成的羊肉米线、羊肉火锅、羊肉烧烤等美食，更成为会东人民不可少的餐桌佳肴，会东黑山羊因而被誉为国家地理标志产品。"

见我们听得津津有味，会东县文旅局的那位小兄弟补充："我们会东县彝族传统火把节一般在鲁南山跑马坪举行，彝族传统选美比赛、赛马、斗牛、斗羊和摔跤等民俗活动都会在山上精彩上演。近几年来，举办了鲁南山风电音乐节；今年5月，还承办了四川（会东）国际自行车联赛哩！"

先前的一丝拘谨早已不翼而飞，他那红润的脸庞神采飞扬，是为大凉山原生态的荞麦酒而陶醉吗？我想，也许是，也许不单是这样吧。

下午5点过，阳光渐渐温和起来，从林间斜斜地照进，映红大家的脸庞，绘出高峰夕照图，聆听秋日的私语。

在秋日的余晖里，我们清理场地、驱车返程。

是夜，青年人才公寓旁边，鲹鱼河的水潺潺流过，两岸彩灯闪烁。我坐下来，用笔倾泻下自己的感怀：大美的鲁南山呀，如果我是画家，定会用七彩的笔描绘你最美的容颜；如果我是作曲家，定会为你谱出最美的曲儿；如果我是地理学家，定会将你细细探寻。

可是，我却只能用笨拙的笔，在灯明如昼的静夜里，写下这篇短短的小文，并即兴赋诗一首——《鲁南山印记》："风情园里秋色盈，野租泉涌松涛深。鲁南雄踞千峰顶，川滇明珠绣前程。"

遇见黑龙滩

　　壬寅年七月的一天，旅游大巴抵达仁寿县黑龙滩镇牌坊街。我们慕名来到黑龙滩水库，其集"秀、奇、幽、野、翠"于一体，有"川西第一海""成都后花园""天府水乡"之美誉。

　　午餐地点为"打渔人家"，来自该水库的凉拌鱼，麻辣鲜香，令人食欲大开。

　　饭后，我和新结识的忘年交——江阳区黄舣镇的匡老师边走边聊，游览景区。公路右下侧的码头边，一艘艘、一排排游船好似列阵待发的战舰。遗憾的是，由于近期游船将改为电动，暂时无法坐船游湖。

　　往前走，见到景区介绍，得知黑龙滩水库地处龙泉山脉的二峨山西麓，距县城西北16千米，是1972年建成的一个人工湖泊，也是一个大型的蓄水灌溉工程。这里共有7峡7坝85座群岛，湖岸线长达310千米，核心景区面积近31平方千米，真是浩瀚无边。

　　全县人民的日常用水、生产用水，就来自这里。随着旅游事业的蓬勃发展和黑龙滩配套设施的提档升级，该景区已打造成集"水库灌溉、湿地公园、旅游度假"为一体的国家AAAA级旅游景区。

　　仁寿县没有江河，以前靠天吃饭，年年干旱，年年抗旱，连吃水都较为困难。当年，仁寿全县人民，靠人工一手一脚修起黑龙滩水库，和河南林县的红旗渠一样是一钎一锤打出来的。

　　游人们脚下的大坝，高53米，长271米，有200多级石阶，用

27万立方米条石砌成，气势磅礴，雄伟壮观。这都是当地的群众肩挑背扛、双手垒砌而成的。

大坝最上端清晰地写着"水利是我们的命脉"八个大字，正面绘制着"高峡出平湖，当惊世界殊"，坝侧修建有郭沫若先生手书的"黑龙滩水库"三角碑及石刻浮雕。

令我们震惊的是，当初修建这大坝，有100多位英雄长眠于此，大坝的醒目处记录着他们的姓与名。

沿着湖边公路，参观黑龙滩宾馆，走近停车场附近的林中，并不燥热。

湖面开阔，岛屿星罗棋布，每座岛屿都好似水上盆景，犹如绿色的宝库，是动植物的天堂，游人们仿佛进入宁静的世外桃源。

湖岸蜿蜒曲折，湖区绿树成荫，空气清新自然，真是吸氧洗肺之佳地。据当地人讲，有时还能看见野鸭、白鹭、灰鹤、天鹅等在这里悠游自在地栖息。

湖边的报恩寺，原名"龙兴寺"，始建于唐朝开成四年（839），毁于"文革"时期，1989年重建。寺内殿宇达20余处，建筑面积万余平方米，均为仿古式。华严舍利塔光彩夺目、高耸入云，塔内殿堂楼阁巍峨庄严，更有奇特的"显圣观音"。

听闻这里鱼类众多，最重的鱼可达100多公斤，味道鲜美，价格实惠，鱼刺很少，故而有独特的"鱼席"，一般共15个菜，全部是以鱼为主料制作，花样不同，味道迥异。

盼着不久的将来，能再赏黑龙滩水库，体验"舟行碧波上"，游览报恩寺，品赏"鱼席"。

天鹅堡纪行

有着"中国长寿之乡"美誉的赤水，风景名胜颇多，天鹅堡即是其一。

小区的广告栏里，我见过它；赤水竹海的望云楼上，我深情远眺过它。壬寅年最热的日子，我和赵哥奔向它。

沿着盘山公路前行，眼前是棵棵翠绿的秀竹，身后是渐渐落低的山峰。一座巨型欧式大门出现在我们面前，上面有几匹骏马雕塑，矫健奔腾，隐隐嘶鸣。近午，到达李哥的住家。此时，太阳高悬，日照强烈，但只要身在树荫里就较为凉爽。

推开窗户，发现楼下是约两米宽的走道，平铺着菱形的米色地砖。左侧是金属护栏，右侧中间是苍翠的松柏。近处是几栋小高层建筑，依山而建，米色墙砖给人素雅、温馨之感。远处的群山一道道、一座座、一层层，仿佛深绿色的波浪奔涌向前。

蔚蓝色的天空如同被暴雨冲刷过一般，没有遗留一丁点儿尘埃。高天流云，洁白无瑕，变幻万千。极目之处，远山之上"横铺"着浅灰色，其"顶峰"是起伏的白云，好似雪山的顶峰，甚是奇妙。

我拍了几张照片发给几位文友，他们纷纷惊呼："哪里的风景哦？弄（那么）漂亮。"

今天一早，李哥去买当地农户的茄子、豇豆、玉米，用竹根水煮一小锅。赵哥主动下厨，做牛肉烧笋子。笋子是赤水的土特产之一，楠竹笋、圆竹笋……不一而足。

　　有一年，我开车陪母亲、三姐、雨生等去大同古镇游览。在溪水边的一家餐馆吃午餐，特地点了一份笋子炖腊猪蹄。

　　当地人把新鲜的圆竹笋挖出剥壳、切段、晾干、烟熏。

　　微黑而粗大的圆竹笋，咬上一口，又脆又嫩，竹笋的清香混合着猪蹄的香气，令人食欲大增。

　　"小平，吃饭了！"赵哥喊我一声。我的思绪回到餐桌，只见牛肉烧笋子、凉拌白肉、炒猪肝、素三鲜已然上桌。在海拔1300米的地方，品着泸州老窖酒，天南海北地聊天，窗外是流动的风景。云朵仿佛就在窗外，近的，远的，厚的，轻的。

　　餐后去威尼斯酒店办理入住手续，超市附近的湖水清澈，蓝天、青山、竹林、白云映入其中，锦鲤的队伍或长或短，或疾或徐，悠游自在。湖中有个灯饰——一只硕大的天鹅，面向北方，头戴王冠，翅膀张开，脚边均有灯饰，附近有条细长的龙舟。

　　下午约6点，月亮渐渐爬上山头。不少旅游或避暑的人在购物，人头攒动，有的在沿着湖散步，有的推着婴儿车。临湖的桌子旁，高山冷水鱼店里食客爆满。此时，天鹅堡的烟火气腾了起来。

　　西边的片片红霞，给跳广场舞的人儿画上了彩妆。

　　晚饭后，我同赵哥沿着斜长的柏油路步行回酒店。夜风很是凉爽，周围是虫儿的吟唱。天空的月亮并不圆，但特别明亮，无尽的清辉温柔地洒照着夜晚的天鹅堡，稀疏的星星快活地眨着忽闪忽闪的眸子，更添几分宁静之美。

　　次日早上，人们在湖边散步，还有一位正兴致勃勃地吹着萨克斯。

　　我俩步行去假日酒店吃饭。水坝的堤岸上，凉风竟然从石孔飕飕地吹来，吹进裤子，浸入腿部，很是凉爽。一朵不知名的明艳的花，茎秆翠绿，开得正盛，赤色的花瓣完全盛开，露出十来根紧紧相拥的金黄色花蕊。我以湖、山、竹为其背景，给它拍了个特写。

在假日酒店用餐后，我兴致勃勃地来到一个小亭子，见两位老师傅，一瘦一胖，戴着白色遮阳帽，将五根鱼竿固定好，折身到树荫下的凳子闲坐。

"老师傅，你们来自哪里？"

"泸州。"

"是老乡嘛，来多久了？"

"儿子喊上来避暑，个把周了。"

"钓到没有？"

"钓两三天了，一条都没有。"

"高山冷水鱼，不好钓。"

"就是，图这里凉快，钓来耍的。"

凉风拂过，湖面漾起层层波纹。阳光像揉碎的金子撒在微波荡漾的水面。远处，有几艘白色电动船，带顶棚，每艘坐四五个人，正在湖里闲游，似乎在谈论着什么——是这舟行碧波上的湖景，是阵阵凉爽的风儿，还是世外桃源般的生活……

酒店旁边有个停车场，附近有个农贸市场。李哥他们去买菜，居然买到一兜竹荪蛋。

我们在客厅里喝茶、聊天，李哥自告奋勇主厨。今天午餐的"硬菜"是煮竹荪蛋，我便去观摩。

李哥先是用自来水浸泡竹荪蛋，再用牙刷逐一将其刷洗干净，切成大块，然后倒入猪油，油温升高后加入切碎的酸菜，放入姜、葱、蒜混合翻炒，待有香气溢出时，加入竹根水，放进竹荪蛋，稍后加入拌有豆粉的肉片，小火慢炖，起锅后，往大碗里撒点葱花。

新鲜美食出炉！每人先舀一碗，我一尝，汤汁浓稠，滋味地道，尤其是竹荪蛋滑而不腻，令食者赞不绝口。李哥介绍说："竹荪蛋的氨基酸含量高，到底是菌子，我特意多放了几瓣蒜。"

悄然间，已下午1点多。赵哥说："小平，你喜欢读书、写东西，这个地方才安逸！"

是呀，如果不是今天回泸州有要紧事，有谁愿意走呢。

我只得辞别李哥，与名副其实的天鹅堡告别，驶向骄阳似火的酒城。

禅意幽远法王寺

星期日，纷飞的细雨，浸着八月桂花的芬芳。我们一行数人驾车前往合江县法王寺。

高速路上，前方车辆驶过，雨雾飞奔。经古佛村往前行，路道较窄，雾气渐升。两三次提心吊胆地会车，车身仅相距几厘米。上午约11点，终于来到法王寺。

法王寺位于法王寺镇，是蜀南黔北传法布道的千年古刹之一，坐落于海拔805米的凤凰山。该寺始建于唐中期，兴于明清。占地8400平方米，建筑面积4800平方米。它巧妙地由山门、关帝庙、万寿亭、天王殿、大雄宝殿、佛经楼、佛学院、禅堂、观音殿和东西厢房组成。

寺院由整石凿成的228根红色石柱托起，且无拼接，造型宏伟，雕刻工艺精湛，为古刹建筑第一奇观，有"天下石工第一"之誉称。

清同治十年（1871），法王寺方丈果山派师弟果端至京师，向皇帝奏请《大藏经》一部。同治皇帝敕赐法王寺为"十方丛林"，谕其开期传戒。

所谓"十方丛林"，也称"十方常住"，有传戒特权而不得私收徒弟，这种庙宇性质是属于全国信徒公有的，地不分东西南北，凡是教徒人人有享受挂单居住的权利，同时人人都有保护之义务，十方丛林皆备有全国三山五岳各宗各派的"字派"，凡常住挂单信徒，号房、客堂可按簿查对法派留单转执事。与十方丛林相对应的是子孙庙，子孙庙收徒弟代代相传，无论该庙规模多大，只能称小庙而不能称常住，更不得悬挂钟板。

慈禧太后亲赐"法王禅寺"牌匾一块及半副銮仪护送藏经回寺。因此，法王寺曾是声名显赫的皇家寺庙之一。

为报皇恩浩荡，法王寺按清皇宫"四合院"重建寺庙，用高2.1米、宽1.3米的圣旨纪恩碑，供奉光绪十七年（1891）"大清皇帝敕赐龙藏经，赐法王寺为十方丛林，令其开期传戒"的圣旨；以镂空雕刻手法雕刻"九龙透雕"，供奉"当今皇帝万岁万岁万万岁"的牌位。从此，千年古刹法王寺从深山古寺升格为"皇家寺庙"，成为川南黔北"十方丛林"，显赫一时，名扬巴蜀。

1941年，法王寺创办佛学院，为蜀南黔北佛坛一大盛举。1991年，法王寺经政府批准开放为佛教活动寺庙。

山门处有一石碑林园。除寺庙本身的石刻造像外，其他均来自川南各地搜集和信众的捐赠。故碑林中不仅有佛像，还有不少家族的石刻祠堂、牌坊、壁画。庄严的碑林，安息的不仅是高僧，还有无穷的智慧。

庙门外是青石铺就的宽阔场地和青石砌就的栏杆，被高大的樟树、楠木、红豆杉、银杏等所掩映。"法王寺"三字为民国时期杨森所题。门头红墙上有一对联："肯适肯来，世外烟霞无挂碍；再仆再起，眼前楼阁有沧桑。"

我们进得寺内，佛七仪式恰巧完毕，僧众和一些善男信女鱼贯而出。德祥法师简短发言后，放飞画眉。数十只扑棱棱地直飞向石坝、树林，居然有一两只雏鸟缓缓地飞到了法师脚边。

我们随喜功德，去吃斋饭。僧众、香客、游客坐有六七排，每排近20人。诵经，静坐，就餐，虽仅有炒茄子、炝白菜、米饭，大家却吃得津津有味，颗粒不剩。

饭毕，我们去参观大雄宝殿前的万寿亭。亭前两根高12米的巨大石柱由整石凿成，建筑大都保留古建的木石穿枓结构，形似二层楼阁戏台，较少见。两根石柱高约12米，方约60厘米，重约14吨，当时并无重型机械工具，如此重的石柱是如何运送和支立的？实在无法想象前人的智慧和力量。

亭前刻有石龙，栩栩如生，用玻璃板护着。还有几口水缸，装着清水，四周苔藓丛生，有的枝叶伸展，满是流动的绿意。水缸内的睡莲，枯黄的已呈橘黄色，有的是褐色，有的是深绿色，还有一枝才露尖尖角，每片叶子上均有或大或小的水珠。到底是佛门净土，莲花似乎也沾了灵气，开得如此纯净，美得令人心安。

师傅告知，此清代建筑是当时纪念钦赐《龙藏经》时修建，用于朝拜供奉，故有此设计。

1988年，法王寺恢复为宗教场所。2003年，泸州市佛教协会将方山云峰寺佛学高僧德祥大师调往法王寺任住持。大师凭借其深厚的佛学修为和良好的人品，赢得了众多居士的崇敬，同时也吸引了许多僧人来法王寺参详佛法。

我们继续游览。寺内的桢楠已有好几百年，一人难以合围，树干直插云天，枝繁叶茂，龟裂的树皮上紧贴着不少苔藓。郁郁葱葱的树叶遮天蔽日，碧瓦红墙隐于绿色灌丛，映衬着屋檐和画亭，钟声久久回荡，令人神往。

寺院墙边，红荅土下，开凿出条形丹红色石头，真是上苍给予法王寺的恩泽。在寺院里转了一圈，耳边萦绕着清心静神的佛教音乐，厢房里有僧人入神地抄着经书，一派安乐祥和的景象。

听闻法王寺的后山还有几百亩茶园，很是壮观，可惜不经意间已然向晚，我们只得别离寺庙，驱车返泸。

蜀江俯看一片蓝

壬寅年7月16日下午，我慕名来到三苏祠，拜谒东坡居士。

三苏祠坐落于眉山东坡区纱縠行内，始建于北宋。明代洪武年间，人们为纪念北宋文豪"三苏"父子，就地改宅建成祠宇，现为清康熙四年（1665）重建遗存。经历代增修扩建，现占地86亩。"三苏祠"匾额系晚清著名书法家何绍基于咸丰癸丑五月所题，该匾黑底金字，三字苍润遒劲、体势雄俊。

三苏祠的南大门门柱上刻有对联一副，上联是"北宋高文名父子"，下联则为"南州胜迹古祠堂"，此联称颂三苏祠是川西南最负盛名的文化古迹。

我踏入祠内，迎面看见两棵高大的银杏树，这是三苏祠古老历史的象征之一。

大门右侧临近围墙处，有棵盘虬卧龙的黄葛树，郁郁葱葱，高耸入云，树干粗壮得要两三个小孩手拉着手才能合围，有"眉州第一树"之美誉。

这里小桥流水、柏翠松苍，孕育出了宋代文坛一颗璀璨的巨星——苏轼。是的，这儿留下的是他童年时的欢愉，成年后的回望。这里成为后人凭吊苏门三父子的圣地。

在瑞莲亭西边，我见到了明澈静谧的洗砚池，它是中国文化史上著名的洗砚池之一，是青衣江和岷江汇成的一汪碧波。洗砚池，原是苏轼兄弟少年时期在此习字作画、洗涤笔砚之地，后被辟为洗砚池。

"洗砚池"三字为清末眉州拔贡彭耀章仿苏体字所题。池壁左右刻有苏轼的《天石砚铭》和《墨妙亭诗》片段。

砚池呈八边形，池边的围栏和红墙由于风化而脱落，褪色的栏杆上书"洗砚池"三个斑斓的大字，只见枯叶坠入其中，碧波荡漾。

东坡先生有诗云："宁可食无肉，不可居无竹。"故而祠内竹子颇多，水绕竹，竹映水，相得益彰。古代文人墨客崇尚君子之风，而竹自古就是"四君子"之一。遥想"三苏"，唐宋八大家占了其三，文章好，操守正，恰似这竿竿翠竹磊落洒脱，为后人所景仰。

飨殿庄严肃穆，塑有"三苏"父子像，神采奕奕，栩栩如生。正中端坐的是父亲苏洵，谥号"文公"；长子苏轼居右，谥号"文忠"；次子苏辙居左，谥号"文定"。

苏氏父子写了不少千古流芳的名篇。故而，大凡拜谒三苏祠者，无不在此流连忘返。

"墨庄"里有许多名人题词、书画作品，如朱德同志的"一家三父子，都是大文豪。诗赋传千古，峨眉共比高"，臧克家先生题写的"眉山仰望三峰碧，蜀江俯看一片蓝"，吴伯箫先生题写的"万里访三苏"，还有金庸先生的"四川多才士，东坡第一人"，诸多作品均立意高远、笔力遒劲。

附近是回廊，曲折有致，青瓦立柱。紧邻快雨亭的瑞莲池，荷叶长势正盛，临水的，挺直的，挨挤的，好似碧玉装扮。雪白的荷花，有的激情绽放，有的含着花苞，有的露出莲蓬。

荷塘里的锦鲤，这儿一群，那儿一队，自由快活，好似飘动的蜀锦。几个小孩欢悦地叫喊："鱼摆摆，好多鱼摆摆，鱼摆摆好乖哦！"

沿着连鳌山山脚，来到披风榭旁边的小广场，这里有东坡盘陀像，1982年由著名雕塑家赵树先生所塑。

盘陀，形容石头突兀不平，也作"盘陁"。苏轼曾在《游金山寺》写道："中泠南畔石盘陀，古来出没随涛波。"

东坡先生身姿洒脱，悠悠然独坐于磐石，岸帻宽襟，面含笑意，双眼凝视远方，三绺胡须飘拂于胸前，状若神仙，好似正与人谈古论今。

夕阳西斜，石像泛起淡淡金光。与东坡盘陀像合影留念的，有一家子，有情侣，有老人。还有的家长笑盈盈地对孩子说："拜东坡，不挂科！"

千年之后，来自川南酒城的我，手持折扇，与夕照里的苏先生"同框"。在才俊辈出的宋代，其在诗、文、词、书、画诸方面，均取得登峰造极的成就，是中国历史上少有的文学和艺术天才，无愧"天花板"的美誉。

"苏东坡是个秉性难改的乐天派。""他的一生载歌载舞，深得其乐，忧患来临，一笑置之。""苏东坡过得快乐，无所畏惧，像一阵清风度过了一生。"林语堂如此评价苏东坡。1945年，林语堂开始着手写作《苏东坡传》，两年多的写作生活中，其与苏东坡"朝夕相处，共话心语"。

2018年，中国作家协会名誉副主席、著名作家蒋子龙曾再拜三苏祠，他说："中国散文的高峰，从诸子百家到欧阳修、苏东坡那里达到制高点。感觉这里是一个很恬静的文化院子，每一座建筑都有水墨之感。到苏东坡故乡，寻根、寻历史、寻文脉。"

"最大的感受便是'一蓑烟雨任平生'，无论走到哪里，都把自己的风流文采和赤子情怀带到那里，而且带过了一千年，带到了今天。"历史文化学者蒙曼参观三苏祠时，如是谈及自己对苏东坡的感受。

我与东坡居士的神交已久。

初中任教时，我曾执教《记承天寺夜游》《水调歌头·明月几时有》，前者意境悠然、比喻新颖，后者乐观旷达、推己及人。

1996年，我随部分同人荡舟西湖，见到了苏轼任杭州刺史时组织人们清淤而后修建的柳堤——苏堤，并首次品尝了地道的"东坡肉"。

　　我曾拿着林语堂先生写的《苏东坡传》，和母亲一起到泸州大剧院，观赏由国家大剧院排演的大型舞剧《苏东坡》。该剧艺术化、丰盈地展现了苏轼跌宕起伏而不失政治理想、艺术追求的传奇人生。其官至翰林学士、端明殿侍读学士，做过兵部和礼部尚书，后与王安石政见不合，受到打击，又因"乌台诗案"被捕入狱，一贬再贬，官越做越小，地方越来越偏。

　　哪怕后半生风风雨雨，他依然爱国忧民、倔强豪放。

　　"乌台诗案"后，谪居黄州（今湖北黄冈）任团练副使，他内心复杂矛盾而随缘旷达，"此去声名不厌低"便是其内心的真实写照。到任不久，便忙着在黄州开垦土地，耕耘收割，"东坡居士"的雅号在此得来。

　　在黄州时期，是苏东坡人生的低谷，却是一生中创作的高峰，《赤壁赋》《念奴娇·赤壁怀古》等佳作流传至今，千古传诵。据说深受吃货们喜爱的"东坡肉"也是这时琢磨出来传授于民众。

　　苏东坡一生历经坎坷，仍坚守为民情怀，所到之处，无不励精图治，造福当地百姓，"问汝平生功业，黄州惠州儋州"。他21岁离家，仅回故里两次。他走出了旷达洒脱的凛然正气，也成就了诗书文章的千载流芳。

　　辞别之前，我在三苏祠内挑选了一把风格古朴的折扇，其正面为何绍基先生题写的"三苏祠"三字，背面为《水调歌头·明月几时有》；林语堂先生著的《苏东坡传》一册；《三苏祠》系列丛书一套三本；另有《华君写意》《三苏祠》明信片各一。

　　回到酒城的岁月，也许，在明亮的台灯下，滔滔的江声里，会多一道夜读《苏东坡传》的瘦削身影吧！

偶得

The sound of flowers

散记

鸡婆头的"涛"声

上午约11点，火辣辣的烈日灼烧着水泥路，鸡婆头的山顶，新垦的地里，已然种下玉米、荞子。

明晃晃的烈日下，曾涛、杨主任、李社长和观兴镇负责农业的两位同志围在地边，正商量着垦地、抢种的事儿。

这，是驻村第一书记曾涛在观兴镇奇峰村工作的一个场景。

壬寅年7月24日下午，几位师范好友陪我走进泸州市叙永县观兴镇，目的之一就是看望看望离家别子的曾涛。

次日早上，小涛驾车载着我和部生沿着蜿蜒的公路来到鸡婆头。

"鸡婆头？乍一听，地名怪怪的。"我是丈二和尚摸不着头脑。

小涛告诉我，鸡婆头是观兴镇的最高峰，海拔约1300米，由于整个山头酷似母鸡的头部，故得名"鸡婆头"。据说早年有一人家在鸡婆头迁祖坟时，墓里竟扑棱棱地飞出两只白鹤，径直向赤水河飞去。

这里视野开阔，植被丰富，是观日出、赏云海的绝佳之处。

车辆停在路边，只见群山起伏，整个河谷云海茫茫，升腾弥漫，为滔滔赤水河盖上洁白如玉、动感十足的银纱。

"该早点起床，上来看日出，应该巴适得很！"部生有些遗憾。

曾兄弟兴致勃勃地带我们走下斜坡，看新垦的地，看斑斓的野花，也看熟透的野果，还让我们摘点在阳光下闪着点点光泽的红籽酸浆果。我俩轻车熟路，一把把地塞入嘴巴——自然的气息，饱满的汁水，阳光的滋味，一齐涌向舌尖。

哦，我想起来了，在小涛的微信朋友圈里，除了宣传村里的项目、活动、变化，有云卷云舒的风景、绚烂的野花野果，还有他工作之余，独自在鸡婆头的草坡里，吹奏口琴、埙笛的场景……

接着，曾涛继续开车，沿着盘山公路驶向位于沟底的奇峰村办公室。

路上，见到做农活的村民，他总会按下左前窗，招呼一声："某某，在忙啥子哩？"

"曾书记，你又上来了啊！"村民们大声地回应。

"你们看坎下那家人，关门闭户的，男主人生重病，小儿子骑摩托车摔成重伤，硬是（确实）恼火。"

"兄弟，你驻村还不到一年，咋个那么熟悉？"我很是疑惑。

他笑了笑："我就是喜欢到处窜。"

到半山腰，他停下车，带着我们轻步来到一片辣椒地。他蹲下身子，摸着辣椒，察看长势——有的正绽放小白花，有的已结出两三厘米长的青色小辣椒。"这是我村引进的印度'鼎辣天椒'品种，种植了几十亩。"

怪不得昨晚在观兴街上吃晚饭时，突然下起暴雨，他赶紧到屋檐下查看是否在下冰雹，并告诉我说："这个时候海椒正在结，有的还在开花，下冰雹的话，要打落……"

我们进入一社的李社长家时，他和妻子刚做农活回来。李社长麻利地泡了一罐粗茶，准备倒酒："曾书记，喝一杯嘛。"

"李社长，要开车，谢谢！自来水用得咋样？你家里的黄牛、母猪、猪崽的情况呢？"

"都好着哩……"

"曾书记,你们早饭吃了再走嘛。"

"谢谢,周老师他们说想到村办公室看看,要耽搁哈,走了哈。"

李社长是位苗族汉子,前段时间为队里修建蓄水池、铺设水管等可出了不少力。其家附近还住着好几家苗族同胞。

曾涛,是我在传福的家宴中遇见的兄弟,戴着眼镜的他给我留下的第一印象是直爽、健谈。他原本是泸天化集团的一名在编人员,2021年7月底,受市委组织部的选派,到奇峰村担任驻村第一书记。泸天化集团从2015年即开始对口帮扶奇峰村,曾涛是第四棒"接力选手"。

我们来到奇峰村委会办公室,这是一栋两层的楼房,房子正前方是平阔的水泥坝子,坝边旗杆顶部那面簇新的五星红旗在清风里招展。

大会议室外边挂有"叙永县观兴镇奇峰村集体资产经营管理有限责任公司"的木牌,走进室内,我备好纸笔,听他娓娓道来,部生拍照。

曾涛向我们介绍:"鸡婆头一年四季的景色确实安逸得很,但美景的背后是奇峰村亟待改变的现状:山高、坡陡、沟深,交通条件较落后。全村5个社,人口约1500人,大量青壮年外出务工,无支柱产业,是全镇经济基础最薄弱的村。"

访谈中得知,近一年来,在泸天化集团,当地党委、政府,以及奇峰村村委会的倾力支持下,大家心往一处想,劲儿往一处使,通过实地调研、访谈农户、引进项目、争取资金,干成了好几件大事:耗资约20万元建起饮用水水池,铺设自来水管道;硬化水泥路面约3000米;发展农产业,如生猪、黄牛、辣椒等;建立村规民约,加强党建,发展入党积极分子,改变近5年没有新党员的现状;在叙永县农业科技局的指导下,种植松香草6亩多，每年可产15至20吨新鲜草料，用于喂猪。计划用15年的时间，实现种养循环，改变生猪的肉质……

我发现办公桌上还放着一沓余下的宣传资料，A4纸，横版，双面印刷，上面细分有相应政策、补贴标准，条分缕析。

"国家有好的政策、补贴，就应该让每个村民都晓得，不清楚的我们就入户宣传、解释。符合条件的，就及时登记、上报。"曾涛说。

坝子边的展板上，有村社领导分工、村规民约、禁毒宣传、活动照片，其中一张照片引起了我的注意。照片中，曾涛正和村民们一道，拿着火钳、棍子、化肥袋清理村边小溪里的杂物，捡起不少垃圾袋、塑料瓶、易拉罐、啤酒瓶等。

曾涛带我们去看松香草基地，路过照片上那条小溪，只见清澈见底的溪水唱着曲儿奔向远方，一只头顶红冠的白鹅正和两只麻鸭在水里自在地觅食。

"平哥，杨哥，你们看！"我俩顺着他右手所指的方向看去，只见溪边有一块辣椒地，植株长得精神抖擞。"年初准备种辣椒的时候，有的村民在观望。我就说我也种一块，看哪个的辣椒长得好！"他如是解释。

走到松香草基地旁边，他热情地介绍其外形特点和生长规律。

"好大的一片松香草！"我不由惊叹。只见眼前几块土地均种的是松香草，长长的茎，青青的叶，舒展开来，生趣盎然。"这种草像韭菜一样，割了又长，割了又长，嫩叶还可以当菜吃。准备明年扩大种植面积，逐步走上生态循环种养致富路。"他洋溢着自信的笑容。

参观完毕，他正要驾车带我们返回观兴街上，突然接到村委会杨主任的电话，说有紧急活动，需要他参加。

"走，回鸡婆头。有事情。"他踩油门的脚，明显加了力道，立马原路返回鸡婆头。

于是，就呈现了开头的那一幕。

在风景如画的鸡婆头，在暂时落后的奇峰村，曾涛兄弟和他的村社干部们正领着乡亲们甩开膀子加油干。

蔚蓝的天宇下，我立于林密草盛的鸡婆头，仿佛听见泥土里的农作物拔节生长的声响，看见基地里长势喜人的松香草在风中摇曳，瞧见这儿有了科学的旅游发展规划，听闻草坡边曾兄弟用琴、埙深情演绎的"涛"声。

百年巨匠蒋兆和

　　蒋兆和先生是中国文化界"百年巨匠"的代表人物之一、中国现代水墨人物画的一代宗师，被誉为"大江之子"。

　　我对蒋兆和先生最原始、最直观的了解，是多年前游览川南明珠——玉蟾山时，曾驻足观赏石刻浮雕《流民图》。

　　《流民图》是兆和先生于1943年秋完成的一幅巨作，反映了抗日战争时期沦陷区各阶层群众的悲惨生活现状，揭示了日本侵略军铁蹄下哀鸿遍野、尸骨横陈的人间惨象，表达了中国各阶层人民渴望生存、和平及民族独立之愿望。

　　该浮雕刻于一岩壁之上，于1989年落成。石刻长41米，高3米，共刻画了100余个栩栩如生的人物，系四川省第五批爱国主义教育基地。

　　我曾观看过北京电视台的一个专题节目，了解到抗战期间《流民图》在北京展出时的坎坷际遇。

　　当时，敌占区的环境复杂艰险，蒋兆和先生几经周折，1943年10月29日，《流民图》最终得以在北京太庙正殿首次展出，但不到一日，即被日伪当局禁展。

　　次年，蒋兆和奔赴上海，再度公展《流民图》，又不幸被日方扣留。后来，画作几经波折终于回到蒋兆和手中时已损毁一半。

　　这是一幅在沦陷区诞生的反战巨作，在中国乃至全世界都绝无仅有，它以史诗般的震撼力，揭示日本侵华战争使中国人民身陷无边苦海的严峻现实。画作在艺术上把中国水墨画的写实、写意融会贯通,将中国现代人物画推向巅峰。

国际美术界曾将蒋兆和先生创作的《流民图》与毕加索的《格尔尼卡》和丸木俊、丸木位里的《原爆图》统称为"二战期间的三大反战画卷",载入史册。

我知晓龙马潭区一位文友发在朋友圈里的信息:一个细雨纷飞的秋日,他独自前去参观蒋兆和纪念馆,并即兴创作了一首现代诗。还得知赵子谦老师参观该馆后,欣然题诗《蒋兆和故居》:"长卷流民四海传,兆和画笔起风烟。故居门外余甘渡,仿见先生江上还。"

作为泸州人,我一直有个前去参观、一睹风采的祈望,久久未能如愿。

壬寅年8月,酒城最酷热的日子里,室外温度高达42摄氏度,似乎划根火柴,空气就熊熊燃烧。在兆和先生118周年诞辰即将到来之际,我有幸陪同河北散文名家北夫老师和王小丫老师,去隐于闹市的龙马潭区小市中码头卿巷子,参观蒋兆和纪念馆。

据《泸县志》记载,泸州蒋氏在明末清初"湖广填四川"的大浪潮里,从湖北麻城迁至泸县方洞镇。蒋兆和于1904年诞生于长江之滨的中码头卿巷子。

该故居即是其幼时居所,建筑占地789平方米,建于清末,坐东北朝西南,土木结构四合院,现仅存后厅及左右厢房。整座民居为穿斗式梁架、悬山顶,是一座川南特色鲜明的民居院落,为四川省文物保护单位。

2019年12月5日,兆和先生115周年诞辰之际,该馆正式开馆,是全面展示蒋兆和生活、艺术等方面的综合展馆。

我和利萍姐陪着两位作家走进陈列馆,边参观边倾听讲解员小朱专业而热情的解说。

漫步馆内，跨越时空的一间间屋子、一件件实物、一幅幅作品，领着我们走进蒋兆和先生波澜壮阔的艺术人生。

陈列馆分为"泸州蒋氏""大江之子""艺途求索""水墨巨变""冬去春来"五个部分，给人简约舒适的古韵之感。馆内除了以文图展示蒋兆和先生的艺术、生活故事，还展出了先生生前所用的画板、画夹、画笔、衣柜、床铺、衣裤等重要物件。

馆中，有个还原蒋兆和先生少年时期踩着凳子、踮起脚尖练字的塑像。年少时的兆和先生，在父亲的教导下，不仅每天都要背一叠"四书""五经"，还要练300字的小楷。来自全国各地不少的参观者，每每看到这幅场景，在感叹蒋兆和先生刻苦读书的同时，都希望能激励现在的孩子们勤奋学习。

有个别致的布置就是泸县的春荣照相馆，背景是蒋兆和先生画的竹石云雾，很有意境。限于展陈空间，该馆同时采用多媒体画屏的方式，循环播放蒋兆和先生的作品，其代表作《流民图》原作有2米高，通过多媒体流动呈现的方式，让人久久停留在此。

厢房外边，展板上面有如此话语："有些人是需要一碗苦茶来减渴""借此一支秃笔描写我心中的一点感慨"。这，正是一生坚持"为民写真"的蒋兆和先生的心声。

我第一次聆听到先生的心语，心生感慨。

兆和先生为了学习、工作和艺术追求，半生颠沛流离，以至于父亲病逝，因无路费，无法从上海返泸奔丧；自己钟爱的《流民图》展出时多次受阻，甚至遗失，寻获时仅剩残破的半卷。这些对他来说，会是一次次怎样的心灵撞击？

蒋兆和先生直面惨淡的前半生，用手中之"秃笔"，创作出自己第一幅油画作品——《黄包车夫的家庭》。该画以上海的高楼大厦为背景，真实地还原了旧上海底层百姓的生活现状。

1936年，兆和先生返回四川老家，先后创作了《卖小吃的老人》《缝穷》《朱门酒肉臭》等作品，饱蘸忧国忧民之情怀。其记录抗战期间沦陷区的老百姓们水深火热的生活的力作——《流民图》，揭露、控诉了日寇的罪恶行径。

先生的《卖子图》创作于1939年，反映了劳苦大众为了生活被迫卖儿卖女的悲惨景象。画面中，母亲席地而坐，满脸愁容地怀抱幼儿。1941年，齐白石先生为该画题下"妙手丹青老，工夫自有神。卖儿三尺画，压倒借山人"的诗句。

新中国成立后，他积极参加进步党派——民盟的活动，为百废待兴的新中国之发展建言献策，作为全国政协委员，提出沉甸甸的提案。同时，他继续投身艺术创作，将深邃的目光投向新生的祖国、蓬勃的建设、当家做主的民众，艺术色调变得明朗。

蒋兆和之子、北京文史研究馆馆员、中国美术家协会蒋兆和艺术研究会副秘书长蒋代明深情回忆说："回到家乡，感触良多，看到院子里的那棵芭蕉树，就想起了和父亲、家人生活的日子了。我父亲在美术上的成就与在家乡生活的经历和家乡深厚的文化底蕴是分不开的，作为蒋兆和故居陈列馆的荣誉馆长，今后我一定不会辜负家乡的期许，一起弘扬蒋兆和的艺术和精神。"

参观完毕，我们回到该馆院坝里，瞻仰兆和先生的雕塑。

清瘦的蒋兆和先生身着素衣，坐于石凳，目视前方，炯炯有神，左手拿着绘画本，右手擎着"秃笔"，仿佛正在构思一幅新的艺术作品。其身侧有两只对视的和平鸽，温顺可爱，不正象征着先生追求和平的精神内核吗？

雕塑旁边长有一棵桑树，枝繁叶茂，蓬勃高耸，长于乡村的我从未在别处见过。灿烂的阳光洒在上面，有的穿过缝隙，为石板地面送来小团的亮光。树旁竟有棵附生的黄桷树，贴着大树顽强生长。

北夫老师说："桑树应该像是艺术生命勃发的蒋兆和先生，而其旁的小一些的黄桷树，不正好似作为美术教育家的先生精心培育的学子们吗？"

我们会意地一笑。小丫老师顾不得高温天气，在雕塑前、房门前饶有兴致地拍照。我打趣道："王姐，干脆请您当纪念馆的形象代言人吧！"

讲解员小朱见我们对兆和纪念馆情有独钟，便分享了她亲身经历的一个小故事："曾经有一名游客来到蒋兆和故居，他从手机里翻出一张照片给我看。照片是一幅蒋先生的画，画中的一名小姑娘双膝跪倒，仰望青天。这幅画是蒋兆和先生于1945年抗日战争胜利时所画，名叫《爸爸永不回来了》。中国抗日军民经过14年艰苦卓绝的斗争，牺牲千百万人，终于迎来抗战的胜利，这是多么激动人心的事情啊！但是爸爸却永远回不来了，小女孩的眼睛里满是无奈与茫然。游客告诉我，画中的小姑娘就是自己的母亲。他说，母亲回忆，1945年抗战胜利后的一天，老师带一位先生到班上挑学生，最后带了她去。先生给她换了一身衣裳，让她手上拿面小旗，先后摆出跪着、蹲着的姿势。先生画了几幅画。一段时间后，家人带了张登有其中一幅画的报纸回来，他们才知道那位先生是蒋先生。所以特别想来蒋兆和故居看看，也算了却了母亲的心愿……"她讲故事的声音渐渐变小，最后甚至有些哽咽。

我们静静地听着，默默地怀想，仿佛看到了目光如炬的兆和先生，用"秃笔"醉心创作《爸爸永不回来了》的场景。

不知不觉间，我们的眼角也像小朱一样湿润起来。辞别前，我们一行肃然端坐于兆和先生塑像前的一排条石上。

虽不是先生的座下弟子，但他的爱国之情、救国之志、探索之路、艺术之美，给爱好文学的我们，已然带来别样的人生启迪与精神滋养。

水光潋滟玉龙湖

壬寅年七月，盛夏时节，泸州市作家协会"讴歌水利谱新篇，喜迎党的二十大"主题创作采风团一行15人走进泸县立石镇，纵情投入玉龙湖浩瀚而深情的怀抱。

因湖面宛如一条巨大多足的龙，故谓之"玉龙湖"。湖中大小岛屿、半岛72个，是省级风景名胜区，有"川南第一湖"的美誉。

立于岸边，极目远眺，如许小岛草木葱茏、星罗棋布，洒落于蔚蓝的玉龙湖。

湖面跳跃着粼粼波光，吹来的阵阵风儿，拂过我们的脸庞，缓解中伏的酷暑之气，也让湖边棵棵垂柳跳起欢愉的夏之舞蹈。

午餐地点在临湖的一家餐馆，膳食是地道的当地菜肴，凉拌土鸡色、香、味俱佳，烘干的船丁子扁而狭，蘸点香醋，松脆爽口，连刺也不用挑拣。

最受欢迎的自然是餐桌中间那盆香气四溢的酸菜鱼，酸菜是立石镇本地农家用青菜腌渍的，鱼是来自玉龙湖的杂鱼——俗称"白水鱼"。汤汁呈乳白色，肉质鲜滑，酸菜爽脆，汤味浓郁而略酸，很是鲜美，令人食欲大开。

享受美食之时，不禁念起我与玉龙湖的"情缘"。

2006年上半年，我参加泸县中小学校长岗位培训班时，曾和学友们到立石镇几所学校参观，午餐即安排在玉龙湖某小岛的特色餐饮店——"十二生肖"，特色湖鱼令大家津津乐道，餐后游湖、品茗、拍照。

2016年，桃红李白的时节，一个星期日，我驾车陪着母亲、三姐、雨生专程来到玉龙湖踏春。沿着湖边走一走、看一看，某婚纱摄影基地里，如毯的草地，绚烂的野花，缀饰的秋千……处处是照相的佳处。

春寒料峭的日子，已八旬有五的母亲头戴红线帽，身着褐色羽绒服，精神抖擞。在湖边的一片开阔处，我以湖光山色为背景，为她照相。

来到小山坡，那里铺着几块金色地毯似的油菜花，有的枝干斜伸道边。"劳模"——小蜜蜂嗡嗡地闹着，正上下飞舞，忙着采蜜。

我邀母亲站在油画般的油菜地前面，用相机为她留下春风里的丝丝记忆。

"小平，你坐快艇不？"晓波唤我。

话语将我的思绪拉回夏日午后那浩渺的玉龙湖。原来是泸县水务局的朋友们热情邀请大家乘坐快艇。

看着毒辣的太阳，我稍有犹豫，终于上艇，发现座位被晒得滚烫，赶紧穿好橘红色的救生衣。

师傅动作麻溜，小艇出发了。凉风扑面而来，同艇的两位女士黑色瀑布般的头发飞舞起来。船首劈开碧波，舷的右后侧激起雪白的浪花，好似千万颗飞旋的珍珠。用手一触，凉爽的感觉涌上手臂。

事务繁忙的欧阳兄这次也来到玉龙湖，坐于我后面的座位。他把宽大的右掌伸进扬起的朵朵浪花，任由水珠嬉戏、冲刷。

而船尾的水流先是汇合，再分叉，形成"X"形水流，浪头向岸边涌去，一层层，一排排。

"好安逸！"刚才躲于树荫、犹豫不决的罗姐甚是惊喜。曾担任记者的周哥，用手机利落地为我们抓拍照片。

小岛座座，碧水泱泱。湖边偶尔有几只白鹭在稻田边自由地觅食，远处有白鹤等珍禽异鸟在林中栖息。农家的稻田旁，栽有不少荷花，"中通外直，不蔓不枝"，远远望去好似一幅碧绿的荷田图。可惜，我们身在湖心，确乎"可远观而不可亵玩焉"！

蓝天、白云倒映水中，真是"舟行碧波上，人在画中游"！这一刻，恍惚之间，我仿佛回到了千岛湖。

不，在我的眼里，这里就是"川南的千岛湖"。

我用手机播放歌曲《玉龙湖，我可爱的家乡》："啊，玉龙湖，美丽的家乡，十里稻花香，百鸟把歌唱，我们划着双桨，在碧波中荡漾，玉龙湖的美景胜似天堂……"其歌词抒情而贴切。

我们的心情随着优美的旋律在碧波上自在飞扬。

玉龙湖是旅游的佳处，亲水、垂钓的乐园。"水秀山清湖道横，无边胜景总宜人。幢幢别墅筛日影，缕缕炊烟逐彩云。敲暮鼓，诵经声，湖光闪烁传钟音。玉龙胖是西湖景，舜日尧天盛世情。"张家栋曾在词作《鹧鸪天·玉龙湖》里这样深情咏赞。

其实，玉龙湖还是一座贡献巨大的水库，它应该唤作"三溪口水库"。

我与它的"缘分"，采风团的文友们尝的美食、赏的景观，春秋冬夏时慕名而来的游客们欣赏到的无边景致，尤其是附近乡镇的生活用水、农业用水，无不归功于20世纪50年代泸县这个浩大的水利工程。

我饶有兴致地查阅资料，发现位于泸县立石镇境内的三溪口水库，地处四川盆地腹部丘陵区。

据史料记载，该水库枢纽工程系1958年动工，次年竣工，是一座蓄水多、质量好、安全性高、工期短的中型水库。

该水库集防洪、灌溉、旅游为一体，占地13平方千米，设计灌溉泸县、龙马潭区10个乡镇的10万余亩农田，拥有6.5万亩的灌溉能力。

"是呀，水是生命之源、生产之要、生态之基，的确应该文明用水、节约用水、科学用水！"我不由得感慨。

　　此刻，我的眼前似乎呈现出如此景象：毛所长摁下放水按钮，一股股清泉喷涌而出，沿着渠道欢快地冲向田野……

　　已提前获知春灌信息的农户们，及时从渠道引水或抽水，将汩汩清水关到田里，耕作农田，为今年水稻按时栽插做好准备。

　　毛所长小心翼翼地取出《泸县水利电力渔业志》让我查阅。

　　1958年9月，首批上阵民工有1500人。次年正月初一，水利大军从四面八方扛着红旗、敲锣打鼓奔赴兆雅镇，参加全渠开工誓师大会，民工增至17000人。

　　这样声势浩大的水利建设队伍、战天斗地的工作热情真可谓"惊天地、泣鬼神"！

　　除了翔实的文字资料，十来张黑白照片也给我甚大的视觉、心理冲击。图片主要记录、反映修建三溪口水库时召开动员会、热火朝天的建设场景，有大量的工匠、民众参与该项浩大工程，很是珍贵。

　　第一张照片上，工地旁有两间简陋的瓦房，身着粗布衣裳的民工们席地而坐，稍事休整，有的头戴灰帽，有的头缠白头巾，有的脚边放着斗笠。

　　第二张照片里，有位师傅开着手扶式拖拉机牵引石碾，还有40名民工光着脚板，像纤夫一般，弓着身子，奋力拉着圆柱体似的大石碾子，进行平整库区场地作业。

　　第三张照片中，师傅们、民工们用石头层层垒筑出高约20米的圆柱形建筑——放水塔，其四周是由树干、大的枝丫做的七层脚手架。

　　我还看见一位民工牵着一头大水牛。水牛拉着叠着的两大筛子石块，筛子下面是类似铁轨的工具……

　　我的耳朵里，仿佛响起无数铁锤敲击的铛铛声、"嗨哟嗨哟”的劳动号子、牛群"哞哞"的声响……

这样艰苦卓绝、热情高涨的水利建设场景，在泸县，在酒城，在全国，数不胜数，这就是水利人，这就是水利情！

先前，我还觉得关于三溪口水库那些数据略显单调，通过实地走访、访谈专家、查阅资料，脑海里对三溪口水库和泸县水利的认识，渐渐变得立体、丰盈。

下午约6点，采风团回到泸县水务局，兴致勃勃地参观渡槽专题展厅。

大厅里的"知水善渡，润泽龙城"八个大字很是醒目，这正是泸县水利人的宗旨和情怀！

展厅主旨鲜明、图文并茂、脉络清晰，展柜里的采石工具——几个铁锤、楔子沾着些许泥土，已然锈迹斑斑，似乎正静默地讲述修建渡槽的艰辛与荣光……

是的，水色如玉、岛屿众多、风光旖旎、造福全市的玉龙湖，"水光潋滟晴方好，山色空蒙雨亦奇"，绘成了一幅人与自然和谐相处的大美画卷。

火红的春联

数九寒冬里，酒城主干道两边，高大的行道树上，红彤彤的灯笼高挂枝头，一到夜晚，便闪烁着温暖的光芒，过往行人啧啧称赞："看到这些灯笼，感觉过年的气氛好浓哦……"

这声音，使我的脑海不禁又涌现出一副副火红的春联。

春联，起源于桃符，也叫"门对""春贴""对联""对子"，以对偶、精巧的文字，将诗文、书法等中华文化熔为一炉，描绘时代背景，抒发美好愿望，是中国特有的文学形式。

"千门万户曈曈日，总把新桃换旧符。"这就是宋代大文豪王安石在《元日》中对春联的生动描绘。

老舍先生也曾写文章称颂春联——"欢度春节，要贴春联。大红的纸，黑亮的字，分贴门旁，的确增加喜气"，并有"酒热诗歌壮，梅红天地新"等佳联传世。

春节来临之前，城里家家户户都要精选几副大红春联贴于门上，为节日增添喜庆氛围。

乡村里的春联则更加蔚为壮观。

一进入腊月，我的老家——焦滩乡（现名神臂城镇）街上的一处又一处摊点上，照例会应景地摆满大大小小、色彩斑斓的春联，映红了乡邻们纯朴的脸庞。

从我记事起，每年腊月，二哥都会雷打不动地从集市上精挑细选几张威风凛凛的门神、几副大红的对联。

只要我在老家，除夕那天，吃过午饭，二哥总会说："老幺，我去打整叫鸡（公鸡）、鲤鱼，你们贴'对子'哈……"

于是，我和侄儿——春文就"勇挑重担"——依次给客厅、厨房、猪舍各贴上一副春联，那可是我俩得心应手的活儿。

用些面粉或面条熬好糨糊，小心地撕净以前贴的对联，在客厅的方桌上摆好架势，用刷子蘸些糨糊，均匀地涂在春联背面，踩着楼梯或长凳，确定适宜的高度，贴好上端，向下轻轻按压中间直至贯穿底部，生怕把春联贴歪，影响美观和心情，再用双手轻柔地把春联两边抹平，使其固定在门侧，这才算大功告成。

2017年的春节，我们去给远在泸县玉盘村长石坝的七舅拜年。老人家是石工中的一把好手，手艺精湛，吃苦耐劳，尤其是其雕刻的石狮子栩栩如生。那耸立在石坝底端、屋基旁的两层石砌楼房，冬暖夏凉，更是他的得意之作。

这次，我发现七舅家除新添置的圆桌、空调、排气扇之外，还有新亮点——他家客厅门口居然贴着一副特别的春联，上联是"千家新燕歌春韵"，下联为"元日雄鸡唱福音"。

说其"特别"，是因为一看就知晓是手写的，隶书字体，红底黑字，字迹工整而稍显稚嫩，仔细一看的话，还能发现淡淡的折痕。

七舅见我盯着春联看，忙走到我的身旁，伸出松树皮一般的手指："外侄，这是我的大孙女淼汭写的，她在福州读六年级，从小就写大字，这次回长石坝老家来，拿自己的零花钱，专门和奶奶赶太平场买纸，买毛笔，买墨水，小娃儿搞来耍的，你不要见笑哈……"

一个年约12岁的小学生，爱好春联、书法等传统文化，隶书已然入门，为自己的老家，也为自己难得一见的爷爷、奶奶写对联、贴春联，童心宜赞，孝心可嘉！我的脸上漾起笑意。

不经意之间，我瞥见七舅那被逝水流年雕刻出深深皱纹的脸，舒展成了一朵花。

是呀，无论乡村，还是城市，红艳艳的春联无不辉映着老百姓们越来越红火的生活。

夕照文汇山

"延安文汇山上，你在这里伫立。你望着朝你走来的人们……"这，是温晨在《延安文汇山上的路遥》里的诗句。

辛丑年6月9日，晚饭后，余晖洒照。参加党史专题学习教育培训的栋哥和我，利用晚餐后短暂的时机，打车到延安大学门口，在门卫室登记以后，朝着地处后山的路遥先生的墓地一步一步走去。

路旁有许多不知名的小花，叶青，花红，有的从花心的深红向边上渐渐晕染，中间是簇拥着的十来根花蕊，在晚霞里闪烁着绚烂的光泽。

一曲悠扬的信天游从心底飘过：

> 正月里冻冰呀立春消，
> 二月里鱼儿水上漂，
> 水呀上漂来想起我的哥！
> 想起我的哥哥，
> 想起我的哥哥，
> 想起我的哥哥呀你等一等我……

这是田润叶得知自己心爱的少安哥已突然结婚，独自坐在原西河边伤心欲绝时提到的一首信天游，让不少读者在纷繁的人际交往里得到些许慰藉。

脚下的无名高地，当地人习惯性地称其为"无名山"，它坐落在杨家岭的一架山岭之中，东靠杨家岭旧址，西望中央党校所在的凤凰山。

山前流淌的就是那条由杏子河、西河交汇而成的驰名中外的红色河流、文化之河——延河。

路遥先生逝世三周年的纪念活动上，隆重举行了路遥骨灰安葬和路遥纪念馆的奠基仪式。"于这山呐，她就有了灵性和文性，我们给她取名叫文汇山吧！"路遥先生的师友谷溪深情地说。

自此，该无名山得名"文汇山"，取"以文汇友"之意。

半山腰的拐角处，见一立石，约高1.2米，阴刻，用黑漆涂色，有欧体意蕴。

查资料才得知，谷溪专程带人从西安风雨口运来一整块4吨重的巨型鹅卵石，并请延安大学原校长申沛昌于2000年11月题写"文汇山"，三字刚劲潇洒，且有大山般厚重质感。

在半坡见到一雕像墓地，那是一位女士的浮雕头像，卷着头发，戴着眼镜，嘴唇微抿。原来她就是延安大学的终身教授——布里几德·克哈（Brigid Keogh），美籍爱尔兰人，一位了不起的国际主义学者，于1986年来到延安大学，工作的5年卓有成效。

复前行，终于来到了路遥先生的墓地。

映入眼帘的首先是路遥半身汉白玉雕像和刻有"路遥之墓"四字的黑色大理石石碑，衣领处还放着一支青色的柏枝。

先生宽大的眼镜片后那双深邃的眼睛凝视着延安大学，凝视着延安城，也凝视着他所挚爱的土地。

四周有四组石桌石凳，桌面分别刻有"陕北的光荣""时代的骄傲""平凡的世界""辉煌的人生"。

基座的左侧，有一捧干枯的菊花、柏枝。正中央有喷绘板——"陕北行·平凡的世界，寻找路遥的足迹"，右方矿泉水、苏打水、酒瓶各一，还有产自延安卷烟厂的纸烟，甚至还有两个巧克力空壳。

墓地两边，苍松翠柏，郁郁葱葱。

我们来得匆忙，没赶得上买鲜花。我发现身边的一棵年岁已长的柏树，上端呈"Y"字形，拴有一条艳红的布带，便轻轻摘下一枝翠绿的柏枝，轻轻放在墓碑中间，肃穆地朝着先生的雕像，深深鞠躬……

其墓由黄土垒筑，用家乡的青石砌成，外扣八排石板，总体呈灰白色，大文豪就静静地躺在里面。左右两边是他生前最喜欢的白皮松树。

后侧的墙壁高5米、长14米，左上角是头正奋力耕地的孺子牛浮雕，两行大字"像牛一样劳动，像大地一样奉献"是路遥的名言，完美地诠释了路遥精神的主旨，也是其奋斗人生的真实写照。

在《土地的寻觅》中，路遥如是说："那是在干枯的精神土地上长出的几棵稀有的绿草，至今仍然在记忆中保持着鲜活。"

可以说，写作时的路遥活像一头中年的牛。在他的长篇散文《早晨从中午开始》中，我们都能体会他写作的艰辛，不吃饭或者一天只吃一顿饭，或者以烟代饭来度过那漫长的一天。其写作以生命为代价，这番呕心沥血之后，奉献给这个世界的是《人生》，是《平凡的世界》，是永远烈火重生般的精神力量。

幕墙后是用长方形的石块铺就的路面，我估计后山有一条路，从另一个方向通到此处。

我登上墙壁后面的山坡，极目远眺，能见到山脚下的延安大学、远处林立的高楼、起伏的远山。阳光依然炽烈，云朵千姿百态，似深海的种种兽类在闲游，离太阳不远处有翻腾奔涌的云峰。

听闻栋哥和我参观路遥先生墓地的消息，6月10日晚，党史学习教育培训班的几位文友特地夜游文汇山，阿红在朋友圈发一张图片，配文曰："路遥先生应该含笑九泉吧。"

《平凡的世界》荣获第三届茅盾文学奖，还成为著名畅销作品，其作者正是路遥先生。路遥先生因肝硬化腹水医治无效，于1992年11月17日病逝，年仅42岁。被病痛折磨多年的他终于获得解脱，离开这个平凡的世界。

夕阳之光温和地映着巍巍文汇山，我的耳朵里似乎响起那些话语：

"我是一个地道的农民的儿子，我个人认为这个世界是普通人的世界。"

"是那贫瘠而又充满营养的土地和憨厚而又充满智慧的人民养育了我。"

"我这部作品不是写给一些专家看的，而是写给广大的普通的读者看的……希望它经得起历史的审阅。"

…………

他为了成千上万的读者，倒在了文学这块沃土上，倒在了他恋恋不舍的黄土地上。

他的生命如此短暂，像一颗流星划过夜空，把灿烂的光芒留在浩瀚的宇宙空间。

他留下的文学瑰宝——《平凡的世界》真实地展现了当代中国的城乡社会，以一对兄弟的生活为中心展开，生动地塑造了一众生活于各个阶层的普通人一生的悲欢离合，谱写了一段平凡质朴却又荡气回肠的生命乐章。它将激励这个平凡世界里成千上万的人，自然也包括来自川南的我。

月有阴晴圆缺

东坡居士在词作《水调歌头·明月几时有》中写道："人有悲欢离合，月有阴晴圆缺，此事古难全。"

作为宋代文学家的"天花板"，此哲语亦给人启思。

宋代文学家曹勋曾在《山居杂诗九十首·其一》中写道："人生不如意，十固常八九。"其语稍有夸大之嫌，但是，不如意之事，古今中外，人人有之。

眼　　镜

2001年3月，长子洋洋（后改名为俊熹）在古蔺县箭竹乡卫生院来到人世间。

次年暑假，雨生和我一起调到泸县。洋洋和三姐家的幺女——雪雪一起，在天立幼稚园念书，后转到太伏镇中心幼儿园。

在太伏小学念完一、二年级，洋洋想回泸州城区读书。我说："洋洋，你先去梓校参加转学考试，自己考得上就去吧！"他认真准备，终于如愿。

自会识字以来，洋洋很爱读书，其继华表叔赠书一套——《小故事大启示》。在太伏小学念书时，他放学归来，做好作业，常静坐于书桌边，"啃"得津津有味，有时还教自己的外婆写字。

由于我们远在泸县，周末才能回到位于龙马潭区向阳路的三姐家。洋洋平时和奶奶一起居住，卧室的灯光比较暗，他喜欢坐在床上背靠墙壁读书，导致眼睛近视，初一开始即戴上了厚厚的眼镜。

2019年，洋洋如愿考上成都某高校，我数次有念头："哪怕孩子就读的高校降一个档次，而眼睛没有近视，该多好哇……"

今年6月，据几位被社区邀请入某校进行学生视力测试的朋友讲，有的学校仅三年级学生的近视率就已达20%，数据令人触目惊心。

"教育好自己的孩子，是你最重要的事业。"有人说，习惯决定性格，性格决定命运。孩子的教育与管理，确应从小抓起，及时纠偏，例如关注孩子的身心健康、自理能力、学习能力、挫折教育等。

学　位

我约莫6岁时，乡下老家的一位堂哥逗我："老幺，你长大了想考啥子学校？"

"哪个大学最好嘛？"

"北大、清华。"

"那我就考北大、清华！"

有路人听到，调侃说："北大、清华？锄把大学（当农民）还差不多。"

当年，在叙永念中师的同学们，多是贫寒的农家子弟。进校之前，有的复读几个初三；有的走家串户为乡邻们拍照，挣点小钱；有的还曾被家人催促着订婚。

用三姐夫和他的朋友们话说，初中毕业若能考上中师，是"脱了草鞋穿凉鞋"，是"鲤鱼跳龙门"，如果想读书，还可以边工作边读书。

依当时的家境，这条路何尝不是最优之选。

1998年，在位于墨宝寺的古蔺县进修校参加第八届中小学校长培训岗位班期间，我开始准备参加成人高考。

被四川广播电视大学（今四川开放大学）汉语言文学专业录取之后，我就在泸州电大古蔺工作站就读。班主任罗怀海老师读书甚多，颇有见地，教授《现当代文学》《外国文学》等，将作家作品信手拈来，兴之所至，当场背诵几句，尤有自己的阅读体悟、真知灼见，令弟子们钦佩不已。

也许，我对文学的挚爱之情，这即是另一条源头活水。

由于2001年办理初中教师资格证需专科文凭，我还有一门课程没有考试，须得专门"点考"，于是专程到成都，一睹母校——四川广播电视大学的芳容。

随着工作时间的累积，我认识到还需"充电"，便报名参加四川师范大学汉语言文学独立本科的学习，寒暑假时，得以走进树木葱茏、用房齐备、窗明几净的泸州教育学院。

"读大学"的梦，就这般牵引着我。

在北碚，我先后参加了西南师范大学的现当代文学课程班、西南大学的课程与教学论课程班，可能算天生街的一个匆匆"过客"吧。

2008年10月，我顺利通过全国在职攻读硕士学位的考试，正式成为西南大学教育学院教育管理专业方向的一名研究生。

犹记得，八教楼苦读，西南大学教育学院论文开题，西南师范大学出版社购书，崇德湖边赏荷……

原本课程学毕、开题通过，由于忙于工作、调动，没能在5年的学籍期限之内进行论文答辩，只得承认肄业的残酷现实，实在无颜去西大拜见悉心指导我的诸位师长。

在德全院长的关心下，秘书处王老师特地从西南大学老的学籍系统里，调出我的档案信息，打印出来，盖好鲜章，用特快专递寄给我。

幸好，"含弘光大，继往开来"的西南大学是广博的，西南大学泸州校友会是宽容的。在其校歌、公众号、校友会、读书会里，我的大学情结如八一大楼的常春藤般生意盎然。

子曰："学而不思则罔，思而不学则殆。"为学如此，人生何尝不是这样？记住遗憾带来的启思，而不是被其负累。

"栽一棵树最好的时间是十年前，其次是现在。"经济学家丹比萨·莫约如是写道。

回望人生旅途，我们往往在事后慨叹"要是当年怎样怎样就好了"云云，但历史的车轮滚滚向前，"逝者如斯乎，不舍昼夜"，今天若种下关于未来的适切的种子，勤于浇水、施肥、除虫，方能让其枝繁叶茂，乃至果实折枝。

崖边银杏立千年

早就听闻叙永县观兴镇普兴村一社小湾子的崖边，矗立着一棵高耸入云的银杏，号称川南"网红树王"。

直到壬寅年七月，观兴镇初级中学负责人——正勇驾车陪着我们去普兴村，才得以近距离目睹千年古银杏的风采。

人们常言："单丝不成线，独木不成林。"而观兴镇却有此处奇观——独木成林。在公路上远看，它就是一棵树，胸径约5米，胸围约15米，要10多个人手拉手才能合抱。

我与同来的阿静、阿杨、阿刚、骆驼，以及观兴中学的几位老师，兴致勃勃地来到树下，仔细打量一番，发现它有数十根树干，叶子细、密、绿，简直是一片茂密的小树林。

古银杏的主干略呈伞柱状，歧枝粗壮，虬栋四溢，形成广卵形树冠，似巨伞凌空撑开，枝丫盘错纵横，密如蛛网。其腰身长满瘤状物，像钟乳密集悬垂，色泽如碣石粗粝凝重，形状如槌、如笋、如锥，树身仿佛缓缓流淌的岩石黏液，似动非动，十分神异，无声地诉说着大树的古老和沧桑。

大家议论纷纷，言说得最多的一个词是"震撼"。

树干上挂有"四川省古树名木"的铭牌，系叙永县人民政府制。七八株银杏苗，竟然从黑黢黢的树洞里探出头来，显得特别嫩绿。

几位男士先是展开双臂，与古树拥抱。接着，大家面向大树，手牵着手，想试试其"腰围"究竟有多长，无奈人数不足。

"壮观，壮观，太壮观了！"我来到银杏背后，边摄影边感慨，还有幸捡到几颗青色的银杏果。

大家依次小心地站到盘虬卧龙的树根上，拍照留念。

"不同角度都整一张！"正勇的语气里洋溢着兴奋——他在观兴工作8年，见到"传说"里的古树，这还是第一次。

很少照相的阿刚似乎来了兴趣，坐在靠近树干的树根上。戴着眼镜、胖乎乎的骆驼捡了些绿色的小扇子——银杏叶，手指张开，放在他爸爸的双肩，抿嘴浅笑。

据了解，古树之所以呈现独树成林的奇特景观，源于"劫后重生"。

1958年，有人把这棵银杏拦腰砍断，做成风箱，砍为柴火，用于炼钢。出人意料的是，大树被砍后，第二年就发出新枝，现已有大小新枝40余株，其中，最粗的枝丫直径已达0.6米，最高的20米以上。站在树下，好似身处林间。

关于老树，当地还有着神奇的传说哩。

老刘家祖祖辈辈与老银杏为邻，世世代代照看古树。

老树原本有两株，一株在四川叙永老刘家门口，是公树；另一株在赤水河对岸的贵州七星关，是母树。老树很老了，还未成家，孤零零的。

老刘很是痛惜，便翻山越岭、跋山涉水，找到贵州母树，取了一枝，带回四川，把它和公树并在一起。

从此，老树越发枝繁叶茂，结出了银杏果。老刘家生活也逐渐改善，有时饭桌上还会摆放白果炖鸡，清香四溢。吃不完的白果就拿到市场上，换些零用钱。

有一天深夜，老树忽然托梦给老刘："老刘啊，我要走了，你们全家对我实在太好，没什么留给你们，就在左边给你留股水吧！"

第二天起来，老刘一看，树还好好的，也就没当回事。没过多久，果真出事了！老树被砍来炼钢铁。

这时，老刘突然想起老树的梦，赶紧拿起锄头到其左边掘起来，果然挖出一汪清泉，直到今天，那水井仍在。

老刘感动得夜不能寐，不顾老树只剩个硕大的桩头，每天给它烧香、作揖、浇水。

第二年春天，老树感动得不行，从桩头上发出几十株嫩芽儿，于是就有了现在独木成林的奇特景致。

观兴镇这棵银杏是酒城最大、最高、最老的银杏树王。20世纪90年代，经四川省林业科学研究院专家实地考证并科学测算，该银杏已有2200岁"高龄"。

当地人说，这棵千年银杏独木成林，身板硬朗，好像还很年轻，每年产果接近500公斤。

银杏叶最佳观赏期为每年的11月15日左右起，为期10天，树上、地下一片金黄，呈现出一幅斑斓、梦幻的画卷。近几年，一到秋天观赏季，人们纷纷前来观赏祈福、拍照留念。

据古树专职管护人员刘师傅介绍，古树有个"千岁状元"的美名。

相传，明朝时一位名叫白秀君的英俊后生，进京赶考高中状元。报喜人在其登记的观兴小湾子，即银杏树所在地，连续数日查找，却始终找不到这名考生。

直到看见这棵银杏树，报喜人才恍然大悟，便将喜帖高挂于银杏树上。

第二天一早，人们发现，状元帽居然戴在树顶。至此，"古树化身考取状元"的故事流传至今，而这棵银杏树，也就留下了"千岁状元"的美名。

自从有了该传说，古银杏的名声在十里八乡传了开去。不少村民在年头岁尾，都要前来朝拜。目前，树上挂有许多红布，有的已经看不出本色，这些正是当地人朝拜时为祈福挂于树上，谓之"挂红"。

如今，这棵千年银杏树是一级保护古树，已纳入名木古树行列。近些年，观兴镇、百姓们为旅游开发、保护古树，特地修了一条水泥公路到古树附近，并用块石等砌筑，使其免遭流水侵蚀倒塌。镇政府还于今年5月专门发布加强"千年银杏树"保护工作的通告。

近年，老刘家已搬到城里，留下这栋木质构造的四间老屋，青瓦白墙，"一"字排开，静静地陪伴着千年古树。

岭上的风情

欣赏了千年银杏的奇特景观，返程途中，我建议到观景台附近看看。

这一看，竟给我们带来意外收获。

山岭上有多种灌木，有的缀着颗颗红籽，有全身披着铠甲的刺梨，有的顶着一串串圆润的果实，还有两三棵野生李树居然也结出了几颗李子，和普通的李子差不多，只是稀稀疏疏的。道旁苦李，我们并未去采。

"平哥，百合花！"眼尖的阿刚发现灌木丛里冒出一株野生百合。

一株挺直的花茎，长出两朵铃铛似的鲜艳百合花，硕大的花苞和洁白的花瓣，像两位穿着盛装的少女，很是娇美。

这些漂亮而芬芳的野生百合，我还是第一次看见！我又惊又喜，不由自主地跑上前端详。

已经绽放的百合花，悄悄地露出六根大大的金黄色雄蕊，样子就像六个小孩，亲热地偎在一起，正说悄悄话哩。一根青绿色的雌蕊，从它们中间悄然蹿出，只不过它的个头儿比那些雄蕊高一些。

一个花苞鼓鼓囊囊的，积蓄着生命的能量，翘立枝头，好像随时都会破裂似的。

阿刚小心地拨开灌木，摘下一株，尽量不伤害根茎。

"喂，你们咋没发现这儿还有弄好（这么好）的东西呀？"

他满脸笑意，"静静，快过来，送给你！"

阿静欢喜地奔过来，右手拿着百合的中部，看了又看，闻了又闻。此刻的岭上，夏风吹拂，夕阳洒照，一袭长发的她仿佛挺立为一株百合。

百合花原产于北半球温带地区，是多年生草本球根植物，其种头由鳞片抱合而成，取"百年好合""百事合意"之意，素有"云裳仙子"之称。

中国民间流传着这样的故事：古代有一群海盗，劫持了许多妇女和儿童，将其囚禁在一个孤岛上。后来岛上的食物被吃光，人们四处寻找食物，发现一种蒜头一般的草根，煮后很好吃，而且还能使身体虚弱、咯血的人恢复健康。这种既可食用又可润肺止咳的花，其鳞茎状的根好像百片组合而成，像一朵白莲花，因此，人们把它称为"百合"。

百合是公认的吉祥物，人们自古对百合就怀有深厚的感情，认为百合有"百事合心"之意，故民间每逢喜庆吉日常以百合馈赠，百合花也成为婚礼必不可少的吉祥花卉之一。故而金朝的周昂在《山丹花》中颂赞百合曰："浪蕊谁能记，山丹旧所闻。卷花翻碧草，低地落红云。"白居易在《对晚开夜合花赠皇甫郎中》一诗里也写道："红开杪秋日，翠合欲昏天。"

西方人认为百合为圣洁的象，是祥瑞之物。约公元前1000年，以色列国王所罗门的寺庙柱顶上，就以百合花作为装饰。

百合花不仅具有很高的观赏价值，还含有人体所需的多种微量元素，具有极高的药用、食用价值。其根部像大蒜瓣一样，球根含丰富的淀粉质，部分更可作为蔬菜食用，而且中医认为其性微寒平，具有润肺止咳、清火、宁心安神之功效，花、鳞状茎均可入药，是一种药食兼用的花卉。

看着眼前这株生气勃勃、清香四溢的野生百合，我不禁想到台湾著名作家林清玄的散文名篇——《心田上的百合花》。

一株百合长在悬崖上，道出心声："我要开花，是因为知道自己是美丽的花；我要开花，是为了完成一株花所拥有的庄严的使命；我要开花，是因为要用花来证明自己的价值，不管有没有人欣赏，不管你们怎么看我，我都要开花！"

它自然受到野草、蜂蝶毫不掩饰的嘲笑。

"有一天，它终于开花了，它那灵性的白和秀挺的风姿，成为断崖上最美丽的颜色。"

野草、蜂蝶再也无法嘲笑自己的近邻。

一个小小的"心灵"，为了心中那个美好的祈望，竟如此执着而坚韧。它，确乎不是一株野草。

林先生笔下那株原本毫不起眼的小小的野百合，居然演绎出一段美丽而又令人感怀的故事。

林先生运用拟人手法，通过层层衬托，生动地塑造出一个充满灵性、大智大慧的野百合的形象。

百合花的世界其实就是一个充满世事艰辛的大社会之缩影。野百合的遭遇何尝不具有关于人生奋斗的普遍典型的意义：一个人社会价值的实现，唯有一种方式，那就是"以花来证明"。

身边传来"哞哞"的声音，原来是放牛的孩子、妇女们赶着牛儿上坡，准备回家。

几头成年黄牛膘肥体壮，威风凛凛地走在前头，比喂养在圈里的牛儿生猛许多。奇怪的是，它们从鼻子到眼睛再到犄角处，均是白色，好似画的脸谱，其他部分却为黄色。小牛亦步亦趋，紧紧跟在父母身边。

阿刚摘下嫩枝喂走在前面的那只牛。牛儿闻了闻，伸出舌头一口吃掉。阿刚学着牛叫的声音，那般惟妙惟肖。我们看到几头牛好似愣住了，盯着他看，似乎犯了糊涂。

有趣的一幕让我们实在忍不住笑。赶牛的大姐手里拿着竹棍介绍："要是你手头有东西，它还要来吃。"

我们赶紧侧身让行，唯恐招惹它们。如果它们发了脾气，大伙儿可招架不住！

不一会儿，一头黄牛爬坡上来，身后跟着一个牧童，穿着蓝色长袖衣服，右手拿着一根细长的棍子。

我赶紧问他："你几岁了，小朋友？"

"9岁。"

"三年级啊？"

"是。"

"在哪儿读书？"

"石坝。"

"你家里几头牛？"

"三头。"

"放牛好耍不？"

"有点好耍。"

我还要问点什么，牛儿已经从斜坡迈上水泥路，发出"哞哞"声，似乎以这种独特的腔调礼貌地和我们道别。

看来，观兴镇乃至泸州南翼门户——叙永的黄牛养殖业发展良好，为村民们增收创造了新条件。

余晖渐渐消失，我们不得不上车返回。

我从车窗回望那道生意盎然的山岭，夕阳西下时，竟然欣赏到野生百合、良好植被、人牛和谐的一幕一幕，这乌蒙山山脉的风情的确令人沉醉。

光阴里的步子

母亲长时间住在位于回龙湾的三姐家。周末时，一般我会去看望老人家。

今天是小雪节气，清冷的冬夜，窗外的风飕飕地刮，手机铃声骤然响起——三姐打来的，她告诉我一个好消息："小平，今天，我带妈妈去做全面体检，医生说只是有点冠心病、低血压，作为年逾86岁的高龄老人，其他指标均为良好。"

"这个消息太好了！"我暗自为母亲高兴。

思绪不禁飞到农历十月初二，星期日，降温了。上午，三姐陪母亲到滨江路散步，走着走着，到我家来了，实在难得。

午饭后，三姐有急事先回去。我请母亲在洋洋的寝室休息。她午休好了，洗漱完毕。为了让她多锻炼锻炼，我就陪她出去走走，缓缓走过纪念标那长长的斜坡。

过人行道时，我紧紧攥着母亲那温热的手，走在人行道最右端，护着老人家过马路。

本来是想去忠山公园走一走的，天阴沉下来，刮风了，似乎要下雨。母亲说："幺儿，不去了吧。"

我点点头，建议道："去我工作的学校逛逛吧，您好久没去了。"

母亲笑了。

我继续牵着母亲温热的小手，爬坡上坎，一直牵着，就像我小时候，母亲用那暖和的手掌牵我的小手一样。

到了缀满花草的凤凰山，我依次给母亲介绍假山、花圃、汉白玉雕塑。进得校门，她微笑着向值班室的两位保安师傅点头示意。

照了几张相后，我们在平坦、开阔的操场上边走边聊。母亲还立在"教师风采栏"旁边，端详自己幺儿的照片，边轻声地念出关于我的介绍，并说道"我读过几年老学的……"

我许久没有端详过自己的老母亲了。

老人家戴一顶红色的绒帽，着一件青色的羽绒服，穿一双橙色的鞋，些许银丝从帽边钻出来，身子清瘦，头部仅超过我的肩膀一点。

校园里那几棵古朴的香樟树，虽然树皮干裂，爬满青色的苔藓，却依旧挺立在冬风里，细小的叶子在风中吟哦，树丫依旧敞开怀抱——那不正像一辈子哺育儿女、操持家务的母亲吗？悉心孝敬公婆、含辛茹苦养育四个孩子的我们的母亲。

晚上，我把照的相片发给三姐。"小弟照得好哒！"她说。

冬日里，那对母子牵手并行、边走边聊的身影，定格在郁郁葱葱的凤凰山。

探秘天台山

地处边城叙永的天台山，有四大奇绝之处。壬寅年七月，阿杨、阿静、阿刚、骆驼和我，冒着酷暑，再次寻访。

神秘字符

彝族古迹天台山，又名天台屯，位于叙永县城南约20千米处，山顶平台面积约162亩，山顶海拔889米，山脚海拔为300米，落差高近600米。这一带是神奇的喀斯特地貌，山间石林遍布，怪石嶙峋；峡谷溪流如练，流水潺潺。天台山拔地而起，巍然矗立于崇山峻岭之间。

其最神秘的就是半山腰处那道凹陷进去的石门，门上竟有三个神秘字符。相传，石门上那三个神秘符号就是打开石门的咒语，只要念对，石门便会自动打开，跟阿里巴巴念"芝麻开门"的咒语一模一样。

听村里的老人说，老祖宗说石门里藏着张献忠的宝贝。也有人说，天台山的悬崖中，至今还有土司奢崇明所匿的宝藏未被人发现，而宝藏就藏在石门之后。他们曾在天台山山脚下挖出一些奇形怪状的石头人。刚开始，大家并未在意，不承想这些石头人竟然越挖越多，有好几百个。

但石门经过若干代人的考察，均未找到开启之法。

最后，当考古工作者再三请教当地彝族老乡时，老乡终于道出秘密，这竟然是彝族的古文字——"天台屯"。

根据彝族老乡介绍说，明朝时，彝族土司永宁宣抚使奢崇明起兵造反，后来被明军打败，逃到天台山这一带和明军周旋，而天台屯实际上是储粮屯兵之地。

据《明史》载，天启三年（1623）五月，朱燮元率军攻克永宁，樊龙战死，奢寅受伤，奢崇明父子败走红岩大屯。明军又攻占红岩大屯，连拔天台、白崖、楠木诸屯，抚定红潦48寨，奢崇明败走旧蔺州城。此处所记述的天台屯即天台山。

据清代《直隶叙永厅志》载："天台山，县东50里，平地独耸一山，高数百仞，四面石壁陡绝，不可上。土人凿石作磴，仅可容足。不可凿者，以木梯引之。山顶平坦，有井有田，可耕可汲。相传为奢逆屯粮所，故谓古天台屯，今其上有庙。"

险 道

天台山四面悬崖，唯有北面有一条羊肠小道上山，小径为石梯，坡度很陡，攀登者必须小心翼翼地缓缓而上。

此处地势险要，峭岩壁立，可谓"一夫当关，万夫莫开"。

山民在峭岩凹凸之处，倚岩傍壑凿石为台，靠崖先后悬空架设三层长木梯，倾斜度高达75度，而木梯下面是万丈深渊。爬木梯时，从晃动的木梯上俯视，连胆大者也为之惊心动魄。胆小者，望而生畏，裹足不前；胆大者，登山不畏险，勇往直前，手足并用攀缘而上。

后来，崖壁被石匠们活生生地凿出一些台阶。近来，左右两侧分别固定一根钢丝绳，临崖立起水泥护栏，这样才大大降低山上的村民、游客们往返此处的危险系数。

爬上数百级陡峭的石阶，方能逾山门，抵山腰。

葫芦井

我们穿过一条长约几百米的林间石板路，周围是私人承包种植的杜仲林，来到一所破落的寺庙。庙宇里，只有一位姓王的居士在看守，他热情地招呼我们喝茶。王居士平时以采草药为生，香客、游人们念其不易，或多或少会施舍一些财物。

过了寺庙再往上行，道路较为平坦，穿过红杉树林，前往天台山最险要处——鹰嘴崖的途中，去看当地人奉为圣地的"葫芦井"，俗称"格灯儿井"。

说也奇怪，这天台山四面绝壁，却有比大碗口大不了多少的泉眼——井的形状就好似葫芦，里面的水永不溢出，也不干涸，山里人视其为"神水"。它是天台山破庙的饮用水来源。

可惜，这次去探寻时，已然干涸。据看守寺庙的王姓居士说，今年当地人想引出水流，修个小水池，便深挖该泉眼，越挖水流越向下方"缩"，直至连半滴水的影子也看不见。水池没有修成，泉眼却再也不渗出水来，见者、闻者无不叹惋！

鹰嘴崖

天台山的最险要处即是山巅的鹰嘴崖。伫立鹰嘴石之上，眺望四周，只见群山起伏如拜，黔岭云缠雾裹；盘山公路321国道和峡谷溪流宛若两条长长的玉带随风飘拂，车辆犹如小蚂蚁在公路上缓缓爬行；山间梯田万亩，农家竹楼星罗棋布，田园风光如画。可谓"一览众山小"，令人心旷神怡，有回归自然、返璞归真之感。

有古诗赞曰："排空峭壁立围垣，划地深溪水气吞。怪石凶顽如鬼瞰，荒藤枯瘦学龙蹲。天梯雪栈人踪渺，云阵花幢佛殿存。铁笛横吹高处坐，夜来星斗定堪扪。"

　　这首诗名为《天台屯》，是清代彝族诗人余昭游天台山时所写。简洁传神的文字道出天台山的神秘、险幽，"云阵花幢佛殿存"一句让我们想象出寺庙被毁坏之前的壮观景象，令人遐思。

杏坛

漫步

The sound of flowers

卷裤脚的田老师

　　戊戌年冬日的下午，艳阳暖暖，樟林葱葱。批完语文作业，我步出年级办公室，到四楼平台舒活舒活筋骨。

　　小操场上，一年级的孩子们正在上体育课，跟着洋溢着朝气的李老师学做体操。第一排站的"小老师"，一招一式有模有样。他们像活泼的小鸟一般挥动翅膀，欢快、兴奋的声音直飞五楼。

　　此情此景，令我不禁忆起自己一段光阴的故事——长达四年半的刻骨铭心的转学时光，念起田宗荣老师，他当时还是川南泸县枣子村小的一名民办教师。

　　我在合江县老家——焦滩乡（近年已更名为"神臂城镇"）附近的沙土村小一直念书到三年级上学期。1985年，热闹的春节刚溜走，由于当时三姐和三姐夫须离乡背井当漆匠挣钱养家，母亲得到位于泸县白米村四社的三姐家带幼小的外孙——彬彬，我只得转学，离开熟悉的故土。

　　春季学期开学前的一个周末，春阳暖烘烘的，空气中浸着草木萌发的气息，桑叶绿油油的，在春风里舒展身姿。

　　我哪里顾得这些，心里好似揣着一只乱窜的兔子，低着头，只是跟在三姐的身后。她这是带着我去田老师家联系转学的事。

　　沿着石板路，穿过枣子村小，一番问询后，终于找到田老师家——两三间泥墙青瓦房，旁边几丛翠竹，四周横卧着一块块水田，有几个人正在忙着整秧田。

其时，一位中年妇女正在屋里忙着家务活，知晓我们的来意以后，出厨房门，往水田喊一声："田宗荣，有人找你！"

"来啰！"应答声很是洪亮。不多久，只见回家的是一个约莫30岁的中年男子，短发，精瘦，身材中等，精神抖擞。他扛着锄头，卷起裤腿，由于急着归来，小腿、脚上的泥巴还依稀可见——那时，村小里的老师们，下班后或周末，放下粉笔，一回家中，就会扛起锄头，在田间地头挥汗如雨。

见到影响自己劳作的"不速之客"，田老师非但没有生气，反而热情地请我们在屋里坐下，用搪瓷水杯倒开水，舀两大勺白糖，麻利地搅搅，递给我俩。

三姐竹筒倒豆子般谈到家庭处境艰难，恳请田老师给自己的幺弟一个转到枣子小学念书的机会。田老师听了，温和地问："你叫啥子名字，学习咋样……"我低着头，带着浓重的乡音，小声地一一作答。

老师望望表情凝重的三姐，又看看身板瘦小的我，沉思一会儿，终于答应给校长说说，并希望我珍惜机会、好好学习，三姐悬在心头的千斤巨石这才落下。

于是，大年过后，我有幸成为田老师的弟子。他教数学，兼任班主任。

六年级时，有段时间我被小说迷得失魂落魄。一次上语文课，我"灵机一动"，在木头课桌的桌面摆好语文课本，偷偷地在抽屉里藏好一本小说，利用桌面那陷下去的约0.5平方分米的凹槽缝，边"听课"，边时不时偷偷瞄上一眼，正当我为主人公曲折的命运忧心忡忡时，被教语文的李洪老师逮个正着，他那平时就炯炯有神的眼睛霎时变成两只硕大的铜铃。

田老师一晓得情况，立即叫我到那间土墙泥地、异常简陋的办公室——供十来位民办老师挤在一起办公。他严厉地批评我一顿，平常那和蔼的目光消失得无影无踪，额头上清晰地雕刻出一个"川"字，两道浓眉下射出的光剑，似乎刺穿我那颗懊悔不已的心。

我痛定思痛，奋起直追，但考太伏乡中还是以0.5分之差名落孙山。究竟是复读，交高费，还是辍学？窘迫的境况令家人难以抉择。那几天，真是度日如年，想到很可能就此别离学堂，我躲着前来安慰的伙伴们。

有一天，田老师、李老师一连家访几个同学，赶到三姐家时已是夕阳西沉。我听到风声，赶紧躲到屋后的角落偷听动静。

田老师用疲惫而坚定的语气，向三姐夫、三姐、妈妈打包票："要是复读一年，周小平考不起初中的话，他两期的学杂费都由我来交……"

老师的话语沙哑而有力，传入耳中那一刻，我觉得懵懂的自己在那一瞬间突然长大！

复读的那年里，最初，好几个调皮的男生看见我就嚷嚷"复读生，复读生……"这，让我很是自卑。田老师觉察到我的异样，摸清情况以后，严厉地批评那几个男同学。

当我自信大方地到黑板前讲解数学题——学着田老师举一反三的教学。好几次，他甚感宽慰，用树皮般粗糙的手掌，轻拍一下我的肩膀。

后来，竞选上班长的我卧薪尝胆，异常用功。因为在"天府杯"小学数学邀请赛初赛闯入泸县兆雅老区前10名——我班独占3人！田老师在当地教坛一鸣惊人。我破天荒地被"保送"乡中。得知喜讯后，田老师露出孩童般纯净、灿烂的笑容，还特意赠送我一个笔记本。

初中毕业填报中考志愿时，脑海里翻腾着田老师立于讲台、气定神闲地谆谆教诲、讲解数学、教导学生的一幕又一幕，我毅然郑重地写下俩字——"中师"。

1996年8月，叙永师范毕业的我，有幸成了田老师的同行。

我那最初的讲桌，立于乌蒙山脉海拔近1000米的贫困山区。

宗荣老师因为业绩突出，后来转为公办老师，还担任了枣子村小的校长。近几年退休后，"最美不过夕阳红"的日子里，众望所归的他负责全镇"退协"的工作。听闻他组织的活动有声有色，不禁在心中暗暗为恩师点赞。

如今，我的第二个母校——枣子村小，早已旧貌换新颜，崭新的教学楼，开阔的操场，漂亮的舞台，勃发的绿植，无不令人赏心悦目。

转学的光阴里，田老师那卷起的裤脚，殷切的话语，深沉的师恩……将永远镌刻在我的心底。

第二节课的预备铃响起，我唤回飘飞在金色冬阳、青翠香樟里的思绪，拿好教具，向教室健步走去……

是夜，明亮的灯火下，我在日记里写下一首题为《念村小恩师》的小诗："泥瓦土墙垂细柳，一支粉笔写华章。呕心沥血青春奉，乐为神州育栋梁。"以此献给那位卷裤脚的田老师和他的"战友们"……

凤凰山上一抹红

凤凰山上，香樟丛里，有一抹别样的桃红。她，就是泸师附小优秀骨干教师——王继红。

王继红老师，1984年毕业于泸州师范，因在全省第一届中师统考、实习成绩"全优"，一毕业就被分配到泸师附小任教。

光阴荏苒，岁月如歌。一转眼，凤凰山的三尺讲台上，王老师用智慧和汗水辛勤耕耘了30个年头。一路走来，她满怀着一位和雅教师对教育事业的赤诚和对学生的仁爱，谱写了一曲曲爱的颂歌。

王老师亲切热情、富有激情，完全看不出已48岁。教态亲切、水平突出、业绩优异的她，本期新接一（6）班，欣然再迈新"征途"。

在"青蓝结对"活动中，王老师常对"徒弟们"说的话就是"小学语文教学贵在激发兴趣，'授人以渔'，不能只满足于课本，应该引导学生学会方法，丰富情感，拓展视野，增加阅读量……"

观课时，心细的"徒弟们"发现，王老师在指导孩子们学习《弯弯的月儿小小的船》一课时，孩子们"兵教兵"，读拼音、学生字，"小老师"还范读、领读，提醒大家注意平舌音和翘舌音。在拓展提升环节，她指导孩子们采用合作探究的方式，交流与"月亮"有关的成语、古诗、谜语和歌谣等。

"特别的作业给特别的你"，家长们都说，王老师布置的作业丰富而有趣，重培养能力、拓展积累，如《日积月累》听说写，每天一个成语……有的还需要孩子们动手、动脑、动心，如每天回家向家人讲一个小故事；中秋节时，思考怎样向不同的长辈问好。

怎样爱心育人？

王老师说："教育是一门'慢的'艺术，不是教，而是慢慢浸润。小学阶段应该着眼学生的未来，注重学生良好习惯的养成、健全人格的培养……"

"同学们像小树苗，直直的，真可爱！"在教学《阳光》一课时，王老师用声情并茂的童心童语鼓励孩子们养成良好的习惯。

在王老师《班队工作手记》里，有这样一个令人感叹的案例。

多年前，班上男生小明，母亲离他而去，父亲性格又暴躁，由于其祖辈的教育方法不当，孩子养成撒谎、多动的不良习惯，甚至有些自闭。面对这个令人头疼的孩子，王老师没有气馁，专门申报了微型课题——"孩子，妈妈在你身边"，并开展行动研究。

她，有时以老师的身份，有时以"妈妈"的身份，适时地交替着爱护他、帮助他；常以"妈妈"的口吻和孩子沟通、交流，和他一起分担失败的苦恼，分享进步的快乐。在孩子情绪波动、行为反复、孤立无助时，及时开导、教育、陪伴，并特别安排他一道去看望生病的同学，在运动会时高举班牌……

后来，小明的缺点改掉好多，变得快乐、阳光起来。在毕业会考中，他的语文和数学成绩均为"优秀"。毕业寄语中，小明写下一句话送给王老师："王老师，爱，是您最美的语言，您就是我最亲的妈妈……"

我访谈王老师时，她说得最多的是话语是"我的头上没有光环，不是骨干，更不是名师……"

然而，单是2011年至2014年，王老师任教的班级中，就有200多人次在国家级作文大赛中荣获特等奖和一、二等奖；所教班级语文学科成绩名列年级前茅，近两年她连续执教的毕业班，语文优生率均高达95%以上。

"名师出高徒"，不管是获得英国皇家音乐学院全额奖学金的研究生王皓镔，新加坡理工大学系主任、最年轻的博士生导师陈元，还是泸州市高考状元吕小品、叶逊敏……都是王老师的弟子。

在弟子们纯真的童年里，"行的高标"——王老师播下的真善美的种子，已经枝繁叶茂……

"令我最自豪的是学生的发展，我收获最大的是学生……"说这句话时，王老师的脸上漾起了浅浅的笑意。

在"百年名校·红色附小"的典雅校园里，王老师奉献着爱心、智慧和青春，她的生命因耕耘而美丽，因奉献而精彩，因奋斗而芬芳……

薪火代代传

"浪迹江湖忆旧游，故人生死各千秋。已摈忧患寻常事，留得豪情作楚囚。"

这首《狱中诗》刚健沉雄、笑傲生死，体现出革命者伟大的人格和高尚的情操。

其作者就是恽代英，1895年生于湖北武昌。他自小有"奇男儿"之称，胸怀"收复失地""刷新政治""澄清天下"的远大抱负，立志寻求救国救民的真理。

恽代英是中国共产党早期政治活动家、理论家和中国青年运动领袖之一。他曾参与领导五卅运动、南昌起义和广州起义，曾任中共中央宣传部秘书长。1930年在上海被捕，次年在南京英勇就义，生命的年轮永远定格在36岁。

1950年，周恩来总理为纪念恽代英殉难十九周年题词，对其一生作了高度的概括："中国青年热爱的领袖——恽代英同志牺牲已经十九年了，他的无产阶级意识、工作热情、坚强意志、朴素作风、牺牲精神、群众化的品质、感人的说服力，应永远成为中国青年的楷模。"

改革教育

时光回溯百年，26岁的恽代英雄姿英发，自山城重庆辗转来到泸州，受聘于川南师范学堂（泸州师范的前身），担任校长，并兼任川南师范学堂附属小学校（泸州师范附属小学校的前身）

的校长。

恽代英是一位杰出的教育家，在他的遗著之中，论及教育的有《家庭教育论》《学校体育之研究》《不用书教育法之研究》《革命运动中的教育问题》等近百篇。

恽代英的教育论著涉及内容十分广泛，见解独到，体系独立，其基本点包括：以"改造教育与改造社会相统一"为前提，以"养成健全的公民的教育"为中心实施教育改造。他认为，"养成健全的公民"是时代的要求，"健全的公民"必须具备健全的素质，应当把"为民众服务"当成应尽的义务，"健全的公民"应有对国事的参与意识。他还提出儿童教育为"健全的公民"打好基础等。这些思想和理念，对于今天的教育实践仍有重要的启示意义。

播撒火种

据2018年8月《人民政协报》刊载，任教于川南师范后不久，恽代英即在校内积极地传播马克思主义革命思想，迅疾成立"马克思主义研究小组"，还购买《新青年》等进步报刊及外国进步文学名著。为更广泛地传播革命思想，他先后介绍萧楚女、李求实、刘愿庵等来校工作，并利用寒假，率领20余名师生组成宣讲团，到川南各地宣讲进步思想。他还吸收觉悟较高的青年，组成了"社会主义青年团"。如余泽鸿、徐经帮、曾润百等均在以后的革命斗争中，逐步成长起来，成为坚强的革命战士。受其影响，川南许多有志青年纷纷报考黄埔军校，走上救国救民之路。

1923年，因工作需要，恽代英别离凤凰山，奔赴大上海，继续从事革命斗争，直至不幸被捕，英勇就义。

薪火相传

郁郁香樟林，苍苍凤凰山，泸师附小，建于1902年，坐落在绿树环绕、鸟语花香的凤凰山上，即将迎来120周年华诞。

雅致整洁的校园，代英楼、子俊楼的底部，那春雨后的一排排月季，或含苞欲放，或露出笑颜，或争奇斗艳，红的似火，黄的如金，粉的似霞，好一派春色满园！

好读亭翼然，几棵百年香樟枝繁叶茂，掩映着一尊别样的花岗岩塑像。

塑像面容清瘦，一袭布衣，架着眼镜，目光炯炯，注视前方。那，就是恽代英校长。

塑像基座的四周，摆满了一盆盆杜鹃花，红艳艳的，似正熊熊燃烧的火焰。其正前方，有两排茉莉花，紫白两色，清香四溢。

辛丑年3月30日下午，风儿轻柔，阳光和煦，校园韵美。全校党员教师、少先队员代表齐聚恽代英校长的塑像前，开展"学党史缅怀先烈 不忘初心担使命"主题活动。

瞻仰着烈士的塑像，凝视着校长的面庞，品味着和美的生活，大家深情吟诵《狱中诗》，聆听立新老师深情讲述恽校长生平事迹和他在川南师范学堂的感人故事，我们敬献鲜花，重温誓词，发表感言。

大家的眼角不知何时涌出晶莹纯净的泪花，似乎又感受到老校长亲切的目光，耳旁又响起烈士不屈的战歌，孩子们不由得吟起"浪迹江湖忆旧游，故人生死各千秋。已拚忧患寻常事，留得豪情作楚囚"。

这声音，飞过凤凰山，飞越酒城泸州，飞越大江南北。

是的，我们有着共同的信念：代英薪火代代相传。

"约会"凉山

> 有一种无悔的青春，叫作教育扶贫，支教凉山，挥洒汗水，书写青春！
>
> ——题记

四川省凉山彝族自治州的州府所在地——有着"月城"美誉的西昌市，邓小平同志曾赞曰："这里得天独厚！"

永载史册的结盟，碧波荡漾的邛海，秀美如画的泸山，神秘高端的卫星发射中心，游赏过的人们都会啧啧称赞吧。

可能许多人还不知道，凉山州是全国最大的彝族聚居区，是全面打赢脱贫攻坚战的主战场之一。

2019年6月，教育部启动"凉山教育帮扶行动"：组织"国培计划"中小学名校长领航工程相关项目学校的优秀教师到凉山支教，为凉山州学校补充一批教育教学和学校管理骨干，示范、带动凉山州教师专业素质的整体提升。

得知教育部即将组织凉山教育帮扶活动的讯息，我第一时间向"全国中小学卓越校长领航工程名校长工作室"提出申请，并光荣地成为一名支教教师。

2019年8月31日，我辞别年迈的母亲、正教初三的妻子，奔赴西昌市，赴一场与大凉山的"约会"。

参加教育部支教教师研修班暨凉山教育帮扶行动动员会、培训会以后，我于9月2日下午到达凉山州会东县，成为凉山教育帮扶行动北京教育学院名校长培养基地会东县支教团的光荣一员——支教于会东县第二小学，并担任挂职副校长。

务实开拓："我就是会东教师团队的光荣一员"

9月3日上午，蓝天高远，秋阳灿烂。一走进会东二小，孩子们那又黑又亮的眸子，质朴热情的问候，主动保洁的场景，生龙活虎的身影，更坚定了我甘当"种子""萤火虫"的决心。

按照计划开展全面调研，基于"会东县第二小学"刚由"会东县鲹鱼河镇小岔河小学"升格成为"城区小学"的客观事实，我及时地提出实施精细管理、加强校本研修的新举措，重新建构，带领开展"引上路，送一程"教研活动，并积极参加支部会、行政会、教师会、主题教育、校本研修和教学"六认真"检查等活动。

我改进了会东二小语文教研的活动形式，丰富内容，明确观课、议课的具体要求。在解读课标、有效备课、课外阅读、习作教学等方面开展主题教研。该期主动观课58节，记录详细，点评中肯，交换意见。有针对性地作了6次专题讲座，执教一节习作教学示范课，并积极地参与"青蓝工程"活动。

11月中旬，我组织会东二小的跟岗学习团到泸师附小参观、学习，走进功能室、课堂和社团，直观地感受"百年名校 红色附小"深厚的底蕴、精细的管理、特色的活动；12月中旬，协助组织名校长工作室的领导、骨干教师到会东二小进行送教帮扶，献课、讲座、结对，反响良好。

此外，我还担任了北京教育学院会东支教团的宣传委员，牵头负责周报、月报的编辑、报送等工作，率先垂范，尽心竭力。每周五晚，积极地参与北京教育学院培养基地会东支教团的团建、教研等活动。先后参加了宁南县援培、会东三小"中国好教师"等活动。

周末时，我还要牵头办好周报或月报，和简报组的两位同仁一起，收稿、改稿、编辑、校订……忙得不亦乐乎。

记得那是周六的晚上，清朗的夜空下，鲹鱼河水声潺潺，两岸彩灯闪烁，我却无暇游赏美景。在寝室里，我盯着笔记本电脑，连续改稿已近3小时，很是倦怠，于是起身走一走，洗把脸，继续"战斗"。

支教团的小胜、小鹏回来以后，赶忙送来几个又红又大的苹果，关切地说："平哥，吃点苹果再整嘛，注意休息！"第二天一早，两位兄弟特地去垭口的农贸市场，买了排骨、萝卜，炖了给我"补补身体"。

会东的紫外线很是强烈，早晚温差甚大。一个星期日，许久没有感冒的我，被流感侵袭，咽喉肿痛，浑身乏力。由于当周的周报须及时报送，我硬撑着，逐字逐句地审稿，直到晚上近12点，网上报送简报以后，才拖着倦怠的身子去休息……

成效明显："教育帮扶带来很好的发展机遇期"

在泸师附小、会东二小领导们的大力支持下，我开启了会东二小的专题教研——"推门听课"，面对受援学校老师们的不同态度仍然坚持，在交流、融合的过程中，增强了老师们工作的紧迫感、责任心，提高了其实施有效教学的能力。在质量提升行动中，推动学校有效开展复习工作。积极参与青蓝工程，指导肖宁、文杰等老师，听随堂课，个别谈心，速读文本，指导拟定成长规划，等等。

好几次，我利用放学以后的时间，和语文教研组的老师们一道，在科学实验室（该校暂无教师会议室）里，指导文杰老师参加县级学科赛课活动：研读新课标，明确学段要求，设计备课思路。晚上9点过，学校附近居民家的灯火次第亮起，但大家干劲十足，继续试讲、修改、调整……

最后，文老师不负众望，在赛课活动中荣获全县小学语文组一等奖。在颁奖典礼现场，我露出了欣慰的笑容。

在习作和阅读方面，我协助设计、组织"我心中的好老师""祖国我为你骄傲"征文活动，开展习作教研、读书节活动和"星航"文学社社团活动，在语文组营造了较为浓郁的研讨氛围，全校读书、习作的热情高涨，取得良好实效。

我协同支教团的杨洪敏和苏春明两位老师，精心编辑简报，2019年秋共编辑16期，均内容充实、图文并茂，受到领导和专家们的好评。主动帮助会东二小编辑简报6期，加大宣传力度，并积极地向会东教育公众号推荐。修改、推送彝族小女孩海花同学的《听爷爷讲那过去的事情》、陈贤玲同学的《我心中的好老师》，均在会东教育公众号发布。

12月31日下午，在会东县教育体育和科学技术局组织的支教老师总结会上，会东二小的郑世清校长深有感触地说："在教育帮扶行动中，泸师附小等一直对我校关注、关心，周老师、李老师的到来，为孩子们又打开了一扇通往大山外面的窗，对我校提供了有效、有力的帮助和支持，学校获得了很好的发展机遇期，这次行动让我们真切感受到了教育帮扶的强大力量！"

在扎实地做好支教工作之余，我还结合教学实践，提炼经验，撰写的论文《刍议小学生课外阅读指导课教学策略》刊发在国家级核心期刊——《教育学文摘》。

我坚持勤读常写，在周末时品读网购的《老舍散文》《乌蒙山里的桃花源》等书籍；有时也会带着身份证和纸笔，去人才公寓临街的智慧图书馆看书，如《中国文学史》《麦田里的守望者》《瓦尔登湖》等，在整洁、安静、明亮的房间里，捧读、摘抄，墙壁上那句"奋斗的青春最美丽"给予自己新的力量。

支教期间，我有3篇随笔、4份简报被会东教育公众号——"支教师语"发布；散文《秋游龙凤山》发表在湖北省优秀期刊——《楚商》，《鲁南山私语》刊于《泸州作家》、还被泸州市作家协会评为2019年度"优秀组织工作者"。

帮扶经验：提高政治站位，工作务实创新

支教伊始，我就没有把自己当作一名"流水教师""特殊教师"，而是把自身当作会东二小的一名"正式教师"来严格要求，模范地遵守学校的各项规章制度，努力完成学校领导交给的各项任务，工作尽心竭力。我尊重同事，虚心学习，对孩子们给予一片爱心，这些都被全校师生看在眼里、记在心里，渐渐地，他们对我表示了理解、接纳和赞许。

我全面考察，结合实际，有针对性地提出合理化的建议、方案，并与相关人员（特别与校长或分管领导、教研组组长）充分沟通，以便得到理解和支持。积极投入研培，发挥引领作用。充分准备，上研讨课、作讲座等，并充分利用名校长工作室的丰富资源，协助架起两校之间研培、交流、友谊的桥梁。

支教心语：凉山不"凉"，千里情牵

2020年1月8日，圆满地完成支教任务返校以后，我主动向学校领导汇报工作："半年的支教工作时间如白驹过隙，泸师附小领导们的关怀、同事们的关心、家人们的支持，是我的坚强后盾，我不是一个人在战斗！通过与会东二小的领导们、师生们的深入接触，发现行政班子的团结务实、老师们的踏实肯干、孩子们的纯朴真挚……有太多值得我学习的优点，这是难得的学习机会。自己的工作能力得到更多的历练、提升，也收获许多可贵的经验和真挚的情谊。

每天，在学校和孩子们一起吃"营养午餐"时，总有老师热情地递来餐盘和勺子。"星航"文学社的同学们，喜欢主动把自己的小练笔或周记拿给我："周老师，您帮我们改改吧！"那次

习作示范课以后，四年级3班的几个孩子一见到我，总会围在我的身旁，拉着我的手掌："周老师，您什么时候再来给我们上课呢？我们班好几个同学都请家长买了《乌蒙山里的桃花源》，一下课就读哩……"1月6日，从班主任处得知两天以后我将返回酒城，四年级2班的几个孩子，赶紧自己制作卡片——画点图，着上色，写几句话，在7日上午的课间送给我，虽然字迹略显潦草，但在我的心里，却是世间最漂亮的卡片。

农历新年之前，我给会东二小的孩子们送去了这样的"心语心愿"：

从2019年9月3日踏进灿烂的阳光映照下的会东县第二小学那整洁的校园，就看见你们活跃的身影，保洁时的专注，充满精气神的大课间，听见你们质朴、脆生生而略带羞涩的"老师好"以及琅琅的读书声，和你们一起参与文学社、公开课、队列比赛、少年宫暨读书节成果展……

那一点一滴，一幕一幕，都显得那么的珍贵和难忘。为期半年的支教工作在依依不舍里结束，在2020年春节即将到来之际，衷心祝福你们的学习和生活：就好像鲹鱼河一样清波潺潺，宛如松林间的清风一般清鲜，好似会东的田野一样色彩斑斓。

期盼着你们志存高远、脚踏实地、刻苦学习、全面发展，长大以后，如鲁南山蓝色天际的雄鹰一般展翅翱翔……

4月21日下午，冷风飕飕，气温如急速下行的电梯，"倒春寒"显示出自己的威力。会东二小语文教研组组长杨姐，居然发来微信："你们复学了？好久不见，十分想念……"

是的，走过这半年的历程，将在我的工作生涯中写下不平凡的一页，也是对我人生经历的一次极大丰富，更是自己人生道路上浓墨重彩的一笔。

我，将把这段宝贵的经历永远地珍藏心底……

支教的生活就像一杯清茶，没有华丽的色泽和醇厚的味道，那缕缕清香、阵阵暖意却让人回味无穷。支教虽然短暂，但很充实。恰如罗曼·罗兰所说："不问苦乐，不问得失，尽你的力量去奋斗！"

虽然为期半年的支教工作已经悄然结束，我身在酒城，与大凉山远隔万水千山，但自己将永葆一份关注、支持、祝福凉山教育、彝区孩子的长情，将通过多种途径，继续为凉山教育的"脱贫"、变革与腾飞而献计出力！

那一场与大凉山的"约会"，教育扶贫会东的几个月，将永远铭刻在我的教育工作和生命旅途……

书香润童年

　　与经典同行，打好人生底色；与名著为伴，塑造美好心灵。最是书香能致远，我愿和大凉山的孩子们一道，走进书海，享受阅读，丰盈人生。

——题记

　　悄然间，我在酒城泸州的教育行旅已23年，爱好阅读、写点"豆腐块"，也爱带着孩子们读书、习作。

　　会东二小位于鲁南巍巍、鲹河潺潺的"川滇明珠"——会东县，今年暑期刚由"鲹鱼河镇小岔河小学"升格成为城区小学，以行知文化为办学特色。孩子们在阅读、习作方面还比较薄弱。由此，我决心"闯开"一个新局面。

开展读书节活动

　　点燃阅读激情，共建书香校园。在学校领导们和语文教研组组长杨继华老师等的大力支持下，会东二小开展首个"校园读书节"系列活动。拟订活动计划，用好学校图书室，各班建好图书角，开展阅读课教研。

　　在庆祝第35个教师节、中华人民共和国成立70周年之际，会东二小先后组织了"我心中的好老师""祖国，为您骄傲"主题征文活动，宣传、征稿、评选和表彰。校级展评活动有吟诵、演讲、讲故事等形式。全校孩子踊跃参与，收获颇丰。四年级2班的万维佳小朋友，机灵而调皮，平时没什么"表现机会"，而这次在班主任文杰老师的鼓励下，参加了校园读书节展示活动，所讲的故事《想飞的乌龟》获得全校一等奖的佳绩。这次的比赛使她收获自信，她说："以后我一定要多读书，丰富自己的课外知识，还要积极报名参加这样的活动，原来我也可以棒棒的！"

德育处的代主任感叹："娃儿们在读书节活动中的表现超出了我的预期。"语文组的同仁们兴奋地说："这样的活动营造了浓郁读书氛围，提升了学生们的读写水平，让学校的文化气息更浓郁了！"

创立"星航"文学社

怎样将文学的种子播撒到孩子们幼小的心田？我想到了创办会东二小"星航"文学社，这，同样得到了郑世清校长的鼎力支持。

活动地点就在"梦想楼"二年级3班的教室，全校有46名学生参与。由我和张凤珍老师负责，利用每周一下午的两节兴趣课，坚持开展丰富多彩的活动：组织经典诵读活动，介绍儿童文学名著，交流习作方法，推荐《乌蒙山里的桃花源》等书籍，等等。

记得那一次，我精心地准备了古诗诵读课件——《苔》。清代性灵派诗人袁枚赞曰："白日不到处，青春恰自来。苔花如米小，也学牡丹开。"

我引导孩子们观察图片、分享发现、了解诗人，欣赏"经典咏流传"《苔》，再初读、品读、美读、赛读，孩子们兴致勃勃、书声琅琅。

"亲爱的同学们，苔花微小似米，却一定要像牡丹一样尽情绽放。因为在苔的心中，它和牡丹拥有同样的大地，也一样头顶无垠的天空。无名的花，悄然开着，不引人注目，更无人喝彩。

就算这样，它仍然那么执着地开放，认真地把自己最美的瞬间，毫无保留地绽放给这个世界。"我接着动情地说，"同学们，我们现在或许都是'苔'，但只要顽强、执着地生长，终有一天，将会自信地绽放出属于自己的美丽！"

那节课，孩子们特别投入，一双双邛海般澄澈的眸子闪着异样的光芒。

孩子们还学习绘景、写人、记事、创编的法子，学以致用，用一双双"善于发现美的眼睛"，去观察、表达，习作的"触角"伸到了校园、田野、大山、家乡、家庭和社区……

于是，孩子们的笔下，有校园里盘虬卧龙的黄葛树、带着绚烂微笑的三角梅，有鱼虾欢愉的鲹鱼河，有硕果累累、欢声阵阵的果园，还有碧蓝碧蓝的天空中变幻莫测的流云……

我和张凤珍老师及时批改孩子们的习作，每节课都有诵读、点评社员们佳作片段的环节。学生们兴味盎然、小手如林。有的多次恳求家长，终于得到《唐诗三百首》《我们去看海》《乌蒙山里的桃花源》等书籍，一下课就在座位上捧读。

我们还将孩子们的佳作选编入本期拟创办的校刊——《足迹》。同时，向会东教育公众号和《江阳文艺》《少年百科知识报》等平台推荐优秀作品。

这些活动不但培养了孩子们良好的学习习惯，提高了他们的习作水平，还影响着他们的成长轨迹。

还记得文学社有位小女生叫杨雨馨，据班主任老师说，她原来有些自卑、胆小，自从参加"星航"文学社后，整个人渐渐地变得自信、勇敢，还变成了班上的"小书虫"，多次参加习作比赛都取得了优异的成绩。在后来的全校"读书节"活动中，她竟担当起小小主持人，从开始时紧张得手心冒汗，到后来的镇定自若，让大家看到了她的完美蜕变。

书信传递祝福

2020年1月，富有成效地完成支教任务以后，我怀揣不舍别离"云朵的故乡"——会东县。我仍惦记着会东二小孩子们的学习和生活。

一天上午，我收到一封特别的信笺，笔迹清秀而稚嫩。一看邮戳，发现它居然来自千里之外的会东。

尊敬的周校长：

您好！

感谢您的温情陪伴，感谢您的谆谆教导，感谢您春日暖阳般的关怀，感谢您四两拨千斤的指点。还记得您渊博的学识、优美的散文、有效的方法。在我上台主持全校读书节活动之前，您还俯下身轻声告诉我："就把下面的观众们都当作'小白菜'吧！"真的很有用，现在我自信多啦！谢谢您！会东二小，欢迎您回家！

祝您工作顺利、身体健康！

您远在会东的学生：杨雨馨

2020年3月

是的，书信传递祝愿，回味充满幸福。会东二小的孩子们，书香浸润童年，文学新苗吐绿。支教之旅，不虚此行。

满园芳菲汗水栽

在酒城，我和同事们当了两天"网络主播"——在家上网课。

休息时，我浏览到叙师同学阿静的朋友圈，读到这段文字："闹钟设定为六点，铆足了劲准备开学……好想我的娃们！"配图正是其担任负责人的叙永县落卜镇中天宝校点，地处乌蒙山山脉。

我的思绪飞越长江，掠过永宁河，重回天宝。

2021年暑假最酷热之时，部生、阿刚、骆驼曾经陪我到该校参观。

校园整洁有序。一栋教学楼，两个标准篮球场、旗台、办公室、值周栏、教师周转房等一应俱全，卫生间的楼顶还因地制宜地蓄上水、种荷花、养鲫鱼。

听阿静讲，该校始建于20世纪60年代，最初中小学一体，1996年因普及九年义务教育，单独修建初中，从此独立出来。当时有9个班，后来因一个乡镇只设置一个中学，便划归落卜镇初级中学管理，校点现有3个年级，各1个班。

旗台背后原本是长有杂树的山坡，2020年时该校的部分老师指导孩子们扛着锄头、拿着砍刀热火朝天地开垦坡地，种上6棵桂花树，其中2棵是孩子们捐赠的幼苗。老师们带领孩子们在操场周边、坡坎下扦插三角梅、蔷薇，还种下网购的玫瑰牙签苗。

"我们的劳动，是真干！当时锄头都挖烂了几把，我问孩子们，带回去要挨骂不，他们说'不会不会'，这让老师们放下心来。"阿静手指山坡，笑着向我们介绍。

阿静曾在朋友圈写道："赶在2021年十月小阳春之际扦插芙蓉花，今天把它们从杂草中扒拉开来，只有少数没有发芽。期待开花的样子！"

渐渐地，山坡上，操场边，桂花、蔷薇等已尽情绽放、香飘校园，苗木报以全校师生这一季繁花似锦，不负阳光、雨露、沃土、煦风的滋养。

2022年，该校还组织师生共同庆祝双节——"五一劳动节""五四青年节"活动，通过五育并重、丰富多样的活动提升学生们的综合素养。

活动开始，先是庄重的入团仪式，接着拉开精彩的劳动竞赛帷幕：孩子们搭灶，生火，商量，切菜，井井有条；凉拌，煎炒，烹炸，烧烤，身怀"绝技"。

各种香味在舌尖上滑过，在空气里传播，洋溢着无穷的欢乐与幸福。舌尖上的中国，就在这小小的校园里、小小的锅灶间呈现。

"如果不给孩子们机会，"部生、阿刚听到阿静的介绍以后不由感慨，"老师们可能永远不知道他们的潜能有多么强大。"

然后，举行跑操比赛，响亮的口号，喊出青春的力量；整齐的步伐，踏出青春的节拍。

初一对初二拔河比赛是用时最长、胜者赢得最艰难的比赛。势均力敌的双方，只要有一丝希望就绝不放弃，哪怕手疼了摔倒了也无所谓。尽力拼搏的孩子们，无比激动的老师们，构成了一幅充满团结与力量的画卷。

我还清晰地记得，今年4月30日，阿静发了一个小视频，激昂的《真心英雄》音乐里，全校老师举行趣味比赛——袋鼠接力。

宽阔的运动场上，以靠近旗台的球场边线为中心，左右各空出两米，用石灰画线。老师们分成两队，把双脚放入空的化肥塑料口袋，双手提着袋口，并脚往前跳，依次接力。

　　视频里的阿静身穿浅灰色运动校服，外罩粉色小褂，身先士卒，动作利落，那黑而长的辫子在身后快活地舞蹈。

　　全校同学分列线外，为自己的老师们呐喊助威。"陈校长，加油！""老师，加油！"加油声，高呼声，欢笑声，飞向巍巍天宝峰。

　　个别老师不小心摔倒，附近的同事、同学们赶紧上前搀扶："老师，慢点！"摔倒的老师一骨碌爬起来继续比赛，同学们善意的笑声里伴着鼓励的掌声。

　　我在该视频下方点评："团队接力，真心英雄。"不知怎的，有种冲动，想飞到天宝加入比赛的行列。

　　饶有兴致地观察校园后，我主动提出到阿静的办公室坐坐。访谈间得知，她是1998年8月从三家坝村小调入该校的，2013年开始主持工作。

　　阿静和我谈得最多的，是她的学校、教职工和孩子们。

　　"有天晚上，我和小学某同人小聚，不经意谈起三年前那个进入我校的女孩：她系二级智力残疾，母亲过世，父亲患病。读初一时头上还有着我们小时候才熟知的成串虮子。同学们不愿意和她坐同桌。我抽空带她去理发店，亲自给她买除虱子的药，请求理发店的老板娘帮忙给她理发、除虱。本以为是一件小事，她却在毕业前一天来我办公室道别，我问她毕业后会干啥，她说要和一个亲戚去学手艺打工，还说会回母校来看我。孩子那短短的话语，一下子就感动了我，觉得一切都值得。"

　　阿静顿了顿，接着说："周师兄，你看这特别的礼物，这是去年9月9日，2018届刘颖同学亲手做的玫瑰，她作为准大学生代表临行前送给母校的，感谢母校的培育之恩。送来时还念叨着没有包装好，不好意思。我高兴地说：'我觉得够完美了！'不管是这手工，还是满满的心意，都好完美！"

眼角渐渐有些湿润的阿静还谈到自己难以忘怀的两件事：

"两个学生娃来办公室领取一年前被我没收的手机（当时约定毕业时归还），对我说：'谢谢您，以前的不懂事，让您操心了！'当我到教学楼三楼时，几个女生跑过来：'陈校长，您能抱抱我们吗？'我张开双臂迎上去。不料她们却在我的怀里哭起来，呜咽着说：'我们舍不得离开您。'"

阿静接着说："老师们教育孩子们挺辛苦的，三年的教育培育之恩，换来今天他们的恋恋不舍。所有的付出与辛劳都在他们瞬间成长中得到慰藉……自从离开母校，他们的祝福总会如期而至，从不间断……幸福与感动就是如此简单。那时的他们那个皮啊，每天没少惹事。记得有一次，两个男生打玩，结果其中一个把裤裆弄破，跑到我办公室求助，还好我的抽屉'百宝箱'里有针线。第二天，我看见他没有穿昨天那条裤子，问为啥？他说缝得太好了，舍不得穿，要留着做纪念。"

这件事让我们忍俊不禁，心底更为作为数学教学骨干、管理能手的阿静点赞。

难能可贵的是，阿静还保有一颗善于发现美、创造美的心。

她的办公室里电脑旁有盆多肉，肉嘟嘟的，很是精神，常被不知名的学生悄悄地照料。在她眼里，多肉"似花非花，是肉非肉，它是大自然的精灵！"

她周末发的朋友圈，有亲友，有鲜花，有美食，出镜较多的还是多肉，家里的落地玻璃窗边齐刷刷摆上一排，各种各样，仿佛让人走进"多肉博物馆"。

她俨然"多肉大师"，常向亲友们分享心得："种在应景的容器里，肉肉便有了灵气。养肉的烦恼之一是长到一定的大小就不希望它再长，担心换了盆，没了以前的模样。"

即将告别这所生意盎然的学校，这所经常响起《感恩的心》《真心英雄》旋律的学校，这所自觉践行德育、美育、劳动教育的行胜于言的学校，我的耳畔似乎又响起了阿静和她的"战友们"的深情心语：

"可爱的孩子们，我们的生活因你们而精彩，我们的世界因你们而激情无限，我们的祖国因你们而梦想成真……"

不坠青云之志

难忘时刻："最美学生"在生活中历练、成长

2012年3月14日晚，我准时守候在电视机旁，收看"泸州市2012感恩·责任争做新时代雷锋'中国人寿杯'最美学生事迹展示活动"，不禁心潮起伏，感人的一幕一幕如高清电影一般在脑海中浮现。

该节目首先简介泸州市2012年"中国人寿杯"最美学生评选活动情况，此次评选涵盖小学、初中、普高和职高学校，很有代表性，影响较大。

接着，依次呈现"最美留守学生"陈相美（一个年仅11岁的乡村小女孩，用单薄的双肩担负起"家长"的重担）、"最美身残志坚学生"周游、"最美助人为乐"王长城（背着表哥去上学，一背就是7年）、"最美勤奋学生"胡丽藻（品学兼优、爱好艺术、热心公益）、"最美尊老敬亲学生"陈华荣（感恩无须等待，就在今日此时）、"最美自强不息学生"牟双等的感人事迹，看到"最美"的孩子们，我的双眼悄然湿润了。

定格特写：每一个生命都需要表达

周游，我市纳溪中学高二（9）班的一名学生，他患有先天性小儿麻痹症，颁奖节目现场的他，一如既往地歪着头，手不自主地抖动，走路时一晃一颤，令人心痛。

他爱好读书，还喜欢养"宠物"——螃蟹。

由于书写很不方便，他做笔记、写作业的速度只有同学的一半，但他坚持每天晚上"开夜车"到深夜12点，现在学习成绩已经从刚入学时的年级前600多名上升至400多名。

他虽然连自己吃饭都困难，却主动打扫寝室，运动会时还用自己特有的方式为同学们加油助威。

同学们都评价他"有坚韧的正能量"。

节目中，主持人关切地问他："你这样生活痛苦吗？"他却笑着说："我觉得很幸福呀，因为有社会、老师们和同学们的关爱！虽然我得了这样的病，现在却还能上高中。"

周游在演播厅现场折纸菠萝，每折一次都挺费劲，却又是那么执着，当主持人问："你最爱谁？""妈妈，"他说，"因为她自始至终都没有放弃过我！"

感人的背景音乐声中，在主持人真诚的建议下，这位男子汉第一次张开有力的双臂，深情地拥抱自己的妈妈——这位来自农村的朴实、善良的母亲，满脸是岁月刻下的痕迹，白发过早地爬上她的双鬓！这一刻，这对坚强的母子含泪相拥；这一刻，节目录制现场的人们无不动容，含着热泪热烈地鼓掌；这一刻，电视机前的我们再次泪眼婆娑，眼前模糊一片……

是的，正如组委会的颁奖词中所说："老天能打败我们的躯体，却无法打败我们的梦及梦的种子！"

反思前行：每个梦想都值得浇灌

身残志坚的周游，让我们想到"我要扼住命运的咽喉"的"乐圣"贝多芬、张海迪、霍金、刘伟……他们都有着一颗永不屈服的心。

作为一名光荣的人民教师，"最美学生"们身上闪烁的人性光芒令我们动容、敬佩、赞叹和欣喜，对于学生，老师们能多做一些什么呢？我不禁陷入沉思……

多一些提升。铸师魂、练师能，促进自己专业化发展，成长为师德高尚、水平高超的老师，才能更好地为学生们的学习和成长服务，因为培养高素质人才，教师是关键，没有高水平的教师队伍，就没有高质量的教育。

杜威先生在《我的教育信条》中说："每个教师应当认识到他的职业的尊严；他是社会的公仆，专门从事维持正常的社会秩序并谋求准确的社会生长的事业。"他还说："学校必须呈现出的生活——即对于儿童来说是真实的生气勃勃的生活。"

多一份爱心。苏联著名教育家苏霍姆林斯基曾说："教育者最可贵的品质之一就是人性，对孩子深沉的爱，兼有父母的亲昵温存和睿智的严厉与严格要求相结合的那种爱。"冰心先生也曾动情地说过："每一朵鲜花都是美丽的，每一个学生都是可爱的。"作为老师，特别是对心理异常学生、留守学生、残疾学生和待开发学生等特殊群体，不但应该一视同仁，而且应该给予他们更多的关爱和帮助，学习上辅导、生活中关心、习惯上培养、精神上引领、人格上塑造，在全班乃至全校营造一种团结、奋进、温馨的氛围。

多一点耐心。正如《成为有思想的教师》一书中，编者在《孩子，你慢慢来》一文后面的"品悟"：教育不是赛跑，人生更不是。请多点耐心，给点时间，等待孩子成长，教育是慢的艺术。分心、调皮、情绪不稳定在特殊群体学生身上是常见的，老师应该体谅他们的这些实情，理解他们的苦衷，宽容他们的不足，保护和发挥他们的长处、潜能。应和他们交朋友，与他们谈话时气氛应是平等的、商量的、善意的，避免权威式的教导。教育、帮助、转化他们是一项艰巨的工作，应该做好长期努力的准备。有时经过帮助会有所变化，但还会出现忽冷忽热的反复现象，切记不应急躁、发火，要有恒心，耐心开导，促进他们的转化。

多一些温暖。罗素曾说："在苗圃培育树苗的人，要为它们提供适宜的土壤，充足的阳光与空气，宽敞的空间和良好的伙伴……儿童和树苗一样……"因此，班级和学校应该实施人性化管理，加强校园文化建设，建好"留守学生之家"，成立"1+1"帮扶小组等。真心地关爱孩子，恰当地给予孩子鼓励和帮助，这样的老师一定会让学生倍感温暖。当学生犯错时，不急于批评、指责他们，让我们蹲下身子，和颜悦色地和他们谈谈心吧；当孩子做得不够好时，不着急地下结论，让我们耐心地帮帮他们、等等他们吧；当孩子哪怕只取得了微不足道的成绩的时候，不要视而不见，让我们多说说鼓励、赞扬的话吧……

每个教育者都应该有自己的教育信条，相信良好的教育一定能够给无助的心灵带来希望，给稚嫩的双臂带来力量，给迷离的双眼带来清明。师爱是师德的核心，让我们不断提升专业素养，用一颗无私而执着的仁爱之心，引领着醉美泸州的90万学子更加健康、全面、和谐地成长，浇灌他们的梦想，也收获自己的教育幸福吧……

谨以此文和同人们共勉。

化作春泥更护花

时光荏苒,弹指一挥间,步入教师行列,在酒城这片沃土上,我的教育行旅已26载,真切地体会到教师工作的艰辛,更感受到收获的喜悦。我对工作的热情,对孩子们的爱心,初心不改,因为,爱是最美的语言,做"好老师",应有一颗执着、纯净的仁爱之心。

就让我讲两个关于"师爱"的小故事吧。

做情绪的主人

我曾教过一个叫"小杰"的男生,由于父母离异,他渐渐变得敏感、倔强、好"面子",言行很情绪化,稍有不满意就开始嘟囔,甚至吼叫。为了面子,即使知道自己错了,也不会主动承认错误。如果是同学"惹"了他,身体壮、嗓门大的他,更是不依不饶,爱用推桌子、撕作业的不良方式来发泄脾气,让周围的同学不得安宁,绝大多数的同学都不愿与他同桌。

一个星期五的下午,我正布置语文周末作业,他一听,认为自己周六的补习多,又有周记,心里老大不乐意,坐得松松垮垮的,涨红了脸,还在座位上埋怨、嘟囔起来。我轻声提醒他冷静一下,遵守课堂纪律,并让大家思考老师们为什么要布置周末学习任务。

课后,我把他单独叫到办公室,请他也坐在椅子上,心平气和地问他发脾气的原因,让他反思自己在今天的课堂上有没有做得不够好的地方，指导他在周末时应该怎样合理安排时间、劳逸结合。

他的情绪渐渐稳定下来。

我便趁热打铁，给他讲了《铁钉与篱笆》这个小故事，让他真切地体会到乱发脾气对自己和他人都会带来不同程度的伤害。

接着，我表扬他有机器人社团的特长，积极管理电子白板，主动为班级换桶装水，希望他发扬优点，注意管理好自己的情绪，做自己情绪的主人。

后来，我常与他谈心，了解他的想法。他好"面子"，我就注意保护他的自尊心，尽量不在课堂上批评他。一旦发现不好的苗头，我就会说："小杰听得多认真！""看，今天小杰懂得谦让了！"……这时他就会有点不好意思，于是安安稳稳地坐在座位上，听课也认真了。后来，他即使犯了错误，也能主动向老师认错，学科课堂上也表现得越来越好。虽然有时他也会和同学发生小冲突，但是基本能控制住自己的情绪。

深夜的短信

己亥年2月27日，时间定格在22：17，我当时洗漱完毕，准备休息，突然收到小潮的妈妈发来的一条手机短信："周老师，这么晚了打扰您了。我的孩子这学期开学以来，数学更跟不上了，现在还没做完，也做不起，您和罗老师都够费心了，我现在确实也没办法了，他明天就不来上学了，我只有这样给他讲了……"

看到短信，我赶忙给小潮的妈妈打电话，她的嗓音异样，明显刚刚哭过。我赶紧安慰她，询问原因，并交流孩子近期在学校的表现，尤其是有进步的地方，安慰她不要放弃孩子，慢慢来。接着，建议她明天专程到校一趟，和老师共同商量教育、辅导小潮的法子……

整个夜晚，我心潮起伏。第二天一早，我赶到学校，等小潮到校后，单独把他领到办公室交心，选择性地谈了他的妈妈昨晚给我打电话的事情（当然不能说"明天就不来上学了"之类的语句），和他一起分析数学差的原因，共同想办法。

课间，我又和数学罗老师沟通，说明小潮妈妈的着急、无奈，并一起拟定语文和数学的辅导方案。

现在，小潮的语文、数学都有新的进步，令老师们、家长感到欣慰不已。

当下，有的学生以自我为中心多一些，我们应该以博大的胸怀面对、接纳，放下架子，蹲下身子，了解孩子，走进他们的内心，正所谓"亲其师，信其道"。

2014年，习近平总书记曾与北京师范大学的部分师生座谈，提出"四有"好教师标准，其中一条便是好老师应该是仁师。

"好老师一定要平等对待每一个学生，尊重学生的个性，理解学生的情感，包容学生的缺点和不足，善于发现每一个学生的长处和闪光点，让所有学生都成长为有用之才……"

总书记的话语饱含深情、期许与激励。是呀，教育是爱的事业，爱是教育的灵魂，而师爱正是师德的核心。正如一位教育家所说："爱孩子是本能，如果能把学生当成自己的孩子，才真正了不起！"

师爱无价，师爱无声，师爱绵长，让我们一道，满怀仁爱之心，将一颗颗真、善、爱的种子撒播到孩子们的心田，让它们生根，发芽，长成一棵棵枝繁叶茂的参天大树吧……

心灵

拾遗

The sound of flowers

日记撷英

1997年6月30日　星期一　阴转晴

上午，在古蔺县箭竹小学观看欢送驻港部队的直播节目，下午4点过继续收看。

"末代港督"颓然坐车离开港督府，而咱们的江泽民主席面带微笑地从启德机场的飞机舷梯走下来，踏上"东方之珠"的地面，真是大快人心！

我们都为香港重回祖国母亲的怀抱而振奋、自豪！大家准备宁肯熬夜也要收看驻港部队零点入港的壮观场面！

是的，大家齐心协力、众志成城，会干出多少惊天动地的大事啊！

一年前的今天，我和学友们在叙师校园礼堂参加毕业大会，岗前培训的内容较为丰富，为校友们的精彩演出喝彩，为那首《蓝蓝的夜，蓝蓝的梦》，更为几位老师的即兴表演鼓掌。活动结束不久，我领到《毕业自我鉴定表》，并于次日到教室里填写，临近上岗的日子里，兴奋里杂着些许焦急。

今天，我收看直播之余，打一会儿篮球，接着静下心来，在寝室里写前几天就想写的"学年度总结"。

1996年8月，我被分配到箭竹小学，上过好几次公开课，对第一次课不大满意，通过在蔓岭小学、巨贤村小、执教研讨上课的锻炼，教学水平提高不少。

到古蔺县教师进修校参加三笔字培训后，我收获良多，认识到三笔字的书写、理论两方面均应提高到新水平。

我曾在乒乓球台前、篮球场上度过如许美好的时光，在鼓笛里感受喜悦与忧伤，也在学友的来信里读出真诚。

现在对教学工作懂的多了一些，教学能力有较大提高，教学成绩良好，相信自己会干得更出色。

我也认识到自己对时间的珍惜、利用不够，反省少了，锻炼少了，写作少了，心不易静下来。

这些都必须渐渐改过来，伙计，搞好自修，增长学识和能力！

但愿一学年以后，当我写"总结"时，觉得"庄稼地"里的果实更沉甸甸一些！

1998年3月16日　星期一　晴

上午第二节课结束，约11点过，箭竹小学全校师生到林场礼堂观看电影。

这次两边的过道预留出来，师生进出方便多了。第一场是《苗苗》，第二场是《血战落魂桥》。

《苗苗》这部电影主要讲述本想成为一名运动员的韩苗苗，被街道办事处分配到实验小学当教师，她来到三（2）班，用朋友的态度对待淘气的孩子们，通过言传身教，使该班的班风有了很大改变。影片朴实、清新，大团圆的幸福结尾，给那个特殊时代刚刚经历苦痛的人们以较大的慰藉和温暖。

该影片的内容、形式都平实而朴素，没有晦涩深奥的台词，没有流光溢彩的画面，没有大悲大喜、大起大落的浓烈感情冲突，也没有故弄玄虚的拍摄手法，贯穿始终的是一股清新、自然、温暖的春风，我喜欢这种风格。

给我留下印象最深的是她从来都为孩子们着想，骨子里有种倔强的性格，自己认为对的就勇敢去做，从来不管别人的看法，甚至她的哥哥也不能阻挠她。这一点对于每个人来说应该都很可贵吧。

纯洁的苗苗，对学生们充满爱心，用爱去打开孩子们的心扉，这主要表现在帮助一名"哑巴"学生、一名父母被迫害的学生身上。

学生们挽留他们敬爱的苗苗老师，孩子们在公园里尽情嬉戏、苗苗老师展望学生们的未来等场面均较为感人。

电影《苗苗》拍摄得较好，背景音乐的设计也不错，总之是一部较好的教育题材电影，令我深受启发。

1999年1月11日　星期一　下雪

今天是农历冬月二十四日，上午的课程是《教育学》。我一早起床，觉得脚很僵，去伙食团吃饭时，见飘着一些雪花——夹在冰冷的雨滴之中。

上课时，会议室里更僵冷，有同学建议王校长他们上完课后同学们自己回去复习，因为徐主任已经复习完毕。

我们的想法与三位老师不谋而合。王校长说："上午我给大家复习完，下午罗老师上完课，同学们就可以走了。"

想到孩子们已临近期末考试，自己应该赶回学校上几天课，这里的生活费、住宿费也较高，便决定回校。

下午一听完罗老师的课，我背好中午收拾停当的书包等物品去等车。

一上古蔺到叙永的班车，就见售票员的双耳戴上"手套"，他说箭竹下了十多厘米厚的雪，令我很是怀疑。

到五道拐附近，山顶已是雪白，渐行雪渐大，一过德耀，连绵的群山纷纷围上洁白的围巾，天空显得有些浑浊。

客车前方的雨刮器不停地工作，我想，窗外迎面飞来的是雪蛾吧。

东风酒厂上去，路边的积雪更厚，我见大地遍披雪被，不禁吟咏起"山舞银蛇，原驰蜡象……"为自然的大手笔叫好。

到沿河村附近，只见沟底雪白一片，根本看不出哪儿是房顶，只有小溪潺潺依旧。

到大树子，司机更加小心，让客车尽量走中间，速度很慢。寒风从车窗挤进来。

上得缓坡，就见两三只鸟雀低空飞舞，抑或在弄雪呢！

下车时，只见箭竹街道满是积雪，脚踩得雪吱嘎吱嘎响，一步步踩下去，便有一个个深深的脚印。

箭竹小学里的花园、树木无不披雪，红旗静静地停在旗杆顶部。

操场边，一棵大树的枝条上，几只小鸟飞来飞去，它们一碰到枝叶，雪便簌簌地往下落，令我想到一句"雀弄洁雪飘"。

这种天气，人们在做什么呢？

一路上，见到好几个行人，他们的衣服、帽子缀上雪花，呼出的气变成白雾。也有几个人忙着背公路边的煤块，一步一步地走着。

孩子们当然欢愉了，玩起雪仗，又在路边堆了个雪人，大脑袋，红嘴巴。

放好物品，和阿彬他们在乡政府的团委宣传栏边办板报，我写楷书，手很僵，粉笔头压得手指生疼。

心里却暖暖的。

1999年1月12日　星期二　下雪

一大早我就起床，有积水的地方已有凌冰——屋外的地面，我用铲子除积雪、凌冰时，不小心滑倒，"啪"的一声脆响，屁股应声着地。

不多久，志富、茂儿等也跟着行动起来。我们从校门到操场的台阶，慢慢铲雪，又在水泥操场中间"破冰船"似的"开出"一条通道来。不少学生见到我就大声说："周老师，好勤快哟！"我朝着他们笑了笑。

课间，不少同学打起雪仗来，"子弹"飞来飞去。一个小同学被大哥哥们的"流弹"击中，抚眼而泣，老师赶忙上前安慰。

我见雪大，问了不少学生，有的说自己摔了几大跤，有的说自己是被父母一步步背下山坡来的，有的说十多厘米深的雪没有化……

我上了三节数学课，下午开会时，主要讲了如下两件事：第一，加强"五基"，要求严格，请各位老师精心准备、强化训练，并安排了检测的教室；第二，请大家认真组织期末复习、提高复习效率、抓好辅导学生等工作。

1999年1月15日　星期五　晴

上午，陶剑校长和我商量好明天暂时不补课。由于今天是县文化局组织"四下乡"活动，只能上一节课，便组织全校师生去林场。

出发前，陶校长和我分别强调纪律。我说："请不要吃东西，也不要大声喧哗。要爱护幼小的同学，进门、出门都要慢些，请勿拥挤。"

从早上9点左右听到热烈欢快的锣鼓声，到观看花园边的图展，再到音响响起优美的乐曲，我心里挺欣喜。

舞蹈《今儿真高兴》，节奏欢快，几位演员表情丰富、姿势夸张，令人会心大笑。

有关计划生育的小品，在孩子们看来时间长了些，我便巡查一圈。

周小鸥的《兵哥哥》让我感慨良多。其大方、音色好，我很熟悉这首优美的曲调，和着哼唱起来。乐声响彻礼堂，我觉得有身临演唱会的感觉。

她还唱了《走进新时代》，声音高亢，也唱得挺自信、从容。

主持人的普通话较好，经验丰富。他提议为《中国娃》的演唱者打节奏，马哥和我带头，学生们响应起来，节拍整齐而有力。同学们的乐感较好，场内的气氛很融洽，很显然，特别是小观众们的表现让演唱者们有些意外，他们唱得愈发动情。

最后是舞蹈，主持人请领导们和愿意上台联欢的人一起到舞台上跳舞，文艺演出顺利结束。

其间，许先生无伴奏高歌两曲，信心、功底均挺好。

我附近的女摄影师只坐了很短的时间，她身着米黄色服装，专业而忙碌。

散场了，我在门口维持秩序。

今天，丰富多彩的节目，娴熟的主持人，忙碌的摄影师，即兴表演的许先生，让我打开新的眼界。

太阳探出头来，雪开始大量融化，枝叶的绿意更深了。

2001年10月23日　星期二　晴

今天上午第一、二节课将考语文第一单元，早读时，箭竹中学初一（2）班的学生们读得特别认真。

考试时，我在讲台边利用这段时间批改日记本、写字本。日记方面，小鹏、小伟由于平时贪玩好耍，内容短少，且是流水账。若平时不勤学、不体验生活、不细心观察，当然是无米之炊。

今天上午，由于小燕、怀丽对演讲稿还不熟，午饭后，我又叫她俩到二楼教师办公室"操练操练"。

怀丽要好些，但不能完全脱稿。事已至此，我只好安慰她们："尽量发挥水平就好，我不要求你们拿什么名次。"以免给她俩施加更大的压力。

下午2点过，全校师生带上凳子集中于操场，由初三的周蔺和初一（1）班的小丽主持"明日之星"演讲比赛。

第一个选手来自六年级，我班的小燕是第7号，而怀丽将在第12个出场。

我站在她俩旁边，结合前边几个同学的发挥小声提醒注意事项。

该小燕上场了，我班50多个同学的鼓掌特别有劲。

她对文稿不熟，有几次小停顿，回到座位时涨红了脸，一直红到耳根。我赶紧安慰她："重在参与，尽力就好。"

我慢慢走到六年级学生中间，调整一下心绪，期待怀丽的表现。

时间一分一秒地过去，终于轮到怀丽了。我班全体同学的眼里闪烁着期盼、兴奋的光彩。还好，她自信大方、声音洪亮、感情充沛。最后，怀丽在众多参赛选手中获得三等奖，实属不易。

演讲比赛还未结束，雨虹来喊我，原来周书记专程到学校通知我：市电大找我——前几天我将乡教办的座机号误写成他家的了。

我赶忙联系，原来是点考，于是毅然报名，并请乡教办出具思想鉴定材料。

收好物品，站在公路边，久等客车不至，便坐摩的去叙永西外车站。6点几分到达时已无发往泸州的大客车，只好乘"金杯"车。

夜幕中，"金杯"车穿过长江大桥，大梯步的手形灯潇洒地亮着，许多人在草坪边休闲。

摇曳的灯光里，归人行色匆匆。

我决心一考过关，今晚就再熬夜复习吧。

2001年10月24日　星期三　晴

早上7点过，我吃面以后准备先去泸州市电大，但想到如果8：30见不到负责人，再去成都岂不太迟，于是直接去广场车站。

从泸州到成都大巴票价为78元。路渐渐平坦，高速路边的护栏、田野、村社飞快地向车后奔去。

下午两点过到达双桥子客运站，这是我自1999年暑假去西昌旅游以后，再次到蓉城。

望着滚滚车流、排排行人，为寻找前往省电大的路，我找了又找，问了又问，终于在下午1点过到达目的地，而饥肠辘辘的自己还未吃午饭。

终于望见楼顶"四川电大"4字，凹形的字体框，显得有点旧。大门口有守卫值守，左边还有北京大学招收研修班的简章板，右转过去是一条长巷，有很多幢高楼，仅几幢是省电大的。我先去看看办公楼是否有人上班，每层楼有两扇门，在四楼的边角终于找到让我下午"两点半以前到达"的考务科，没人，于是等。

两点半时，考生蜂拥而至，令我吃惊的是竟然没有自己的考签！天啊，花几百元从千里之外赶来，难道只有无功而返？

我找了几间办公室，准备给市电大打电话询问此事，短短半小时，有的无人，某间办公室的一名老师甚至说："1999级的根本办不了补考！"

万般无奈，我只得待在考务科的矮沙发里——抱着一丝希望，仅存的一丝希望。

最后，还是考务科那位身材胖些的余老师帮我查了。我确实已报名，但录入人员搞忘了。此时已下午4点过，让我提心吊胆两个多小时。

于是，我快步去底楼购书。教材处的书籍种类繁多，这儿一匝，那儿一捆，终于选到自己想要的。

和德阳的两个技工找住宿，三人间，电视很小，临近西南音像城对面，但每人得付20元。

肚子早已唱"空城计"，我赶紧去吃水饺，晚上又是记又是背，准备一考过关。

2001年11月27日　星期二　晴

今晚是箭竹苗族乡铁厂村小项亚忠老师病故的妻子"坐大夜"的日子。

在1998—2001年我担任箭竹小学教导主任期间，项老师总是积极支持我的工作。

我数次沿着蜿蜒的山路，步行去偏远的铁厂村小检查教学常规或期末监考，单程约需一个半小时。

中午，项老师总是辛勤地弄些饭菜。其妻子姓王名国会，头发夹杂白丝、过早憔悴，患有严重的胃病，对我挺热情的。单是因着这些情谊，我就应前去吊唁。

我原本想今天下午课后去，听说下午第三节课以后评"青优课"，心想等评了再去吧。但结果第三节课后上活动课。过后才评，且从5点左右到晚上8点10分。评课时，评委们轮流点评，然后打分。最后，明华获一等奖，我是二等奖。

我匆匆扒拉几口饭，约小鸿、小飞同行。他俩换上胶鞋，我还带上电筒。

我们边聊边快步向前，夜色早已深了，电筒光所照之处隐约能看见山间小道，风凉凉的。

快到文艺村下边的龙挨洞时，犬吠此起彼伏，在宁静的乡村之夜里格外引人注意。

上过两道陡坡，几绕几转，右边陡坡外浓雾茫茫，只有右前方煤洞的一两盏灯明确告知我们这是深沉的雾之夜。

我们渐渐地听见铁厂村小传出的凄凄鼓乐，踩着路边、山坡的鞭炮纸屑到达该校。小坝子里的人不多，屋檐处正有一些人围着，偶尔吹着、敲着不知名的乐器。

那间简陋的教室作为临时厨房。我寻找项老师，好一会儿未见到。后来，终于在那间被围得水泄不通的小屋里，看到了瘦削而疲倦的项老师。很显然，从他惊异的神色中可以看出他没想到已然这么迟了我还会去。

我紧紧地握住他那双粗糙的手，解释迟来的原因，安慰他节哀、保重。

其时，已然9点10多分，只得匆匆告辞，在深沉的夜色里往回赶。

2006年1月18日　星期三　阴转小雨

前几天忙于考评太伏小学所辖完小和村小的负责教师、幼教、部门人员，昨晚一人在行政办公室忙到近11点。

为了乘早上7点从太伏至福集的客车而早起，天还没有亮，启动发动机时，仅司机、售票员和我3人，到兆雅时乘客才多了些。

近9点，微格教室里多是陌生面孔，幸会泸县二中的王忠老师、原叙师的王老师，新结识泸州市实验学校的德彬老师，午饭后，我俩聊了聊，颇为投机。

这三天为我们上课的是西南大学的龚教授，听其介绍，说自己生于达县，亲切感倍增。大概40岁，身高约1.68米，戴副眼镜，温文尔雅，身材如我一般瘦弱，却是个"勤奋而有思想"的人，专著不少，且是教育家之一，普通话、板书都较好，不愧"每年要贡献十多万交通费的人"，令人佩服。

下午约5点放学，冬雨湿地，回到向阳路三姐家，大家都挺高兴，只是洋洋的腹背、脚部的红疙瘩还未痊愈。我给他讲了4个小故事，又练习口算，如8+9、7+5也会了，才睡去。

是夜，小家伙因为皮肤痒，睡得不安稳。

2010年7月15日　星期四　晴

昨晚，在位于重庆北碚的西南大学春晖202室休息，今早约6：40醒来，看了一会儿CCTV-6台的《梦断南洋》，然后收拾物品。

早上，崇德湖里荷叶正盛，挤挤挨挨，四周虫鸟低鸣浅唱，勤勉的学子们正坐在湖边的椅子上读记英语、日语。

课间，近10点时，我带好身份证去杏园学生管理处（临近超市和运动场）。那位周老师正为近几天有几个人住房、退房而生气。我用体谅、争取的话语和他交流，终于成功办理入住手续。

约11：30放学，当我到了临近经贸学院的春晖202室，我的东西已被悉数提出，新的人员已然入住，老板的办事"效率"真高呀。

我将东西搬到杏园E幢的228室，饭后去拿寝具，正好听见退寝室的同学说："床面硬得很！光照也特别'好'。"一整天，紧临"半更食间"（西南大学的学生食堂之一）的一个男生不停地练习笛子、葫芦丝，很是"执着"，渐渐地熟悉了一些，我的耳朵和神经才得以放松下来。

晚饭后，我集中洗了两套衣服，又借衣架晾好。先我入住的大班同学——重庆万州的柏哥，一直给笔记本电脑试网络，实在不行，只得光着膀子，挂着眼镜看图片、听录音（有音乐、朗诵），还热情地动员我听听《爱在万州》。盛情难却，我听听看，觉得地域风味较为浓郁。

给家人打电话，得知妈妈由于晕车，又担心我的钱不够用（妈妈一个劲地埋怨自己，说她在我离开酒城之前没有拿钱给我），导致已经输液三天！洋洋接了电话，还主动让杜大哥的孙子——青宸喊我"幺舅公"。小宝贝喊了一声、唱了一句就跑开了。

是夜，风扇吱吱作响，柏哥鼾声如雷。我未能睡好。

2011年1月23日　星期日　晴

今天是腊月二十日。上午，在位于福集镇的泸县教师进修校听陈婵老师的专题报告《新背景下的教师专业发展》，下午是李定怀校长的报告《怎样做一个幸福的教师》，他谈到季羡林先生写的文章《不满意的人生》，谈到清末一状元言人生四足，其中两足是"得一贤妻足矣，得一孝顺子足矣"，还谈到某博士居然垦地种新竹。

是的，人生应该多一些知足常乐。

下午放学，一辆依维柯停在进修校的大门口等候。后来车子走老路，幼儿园左英他们也在同一辆车。

幺儿的乘车卡找不到了，匆匆回家吃饭。饭后，我和他坐观光巴士准备到市政务服务中心，边坐车边"强化"重要地点。幺儿先问市长、伊顿饭店总经理的年薪分别是多少。过天益广场时代商都旁边的中国银行时，我给他介绍央行的现任行长是周小川，他微笑着说："只差一个字。"

到市政府服务中心附近时，夜色降临，过长长的人行道时，我指着"赛车式"的车辆对幺儿说："你看，车快得很，过人行横道也不能开小差！"

开阔的人行平台上，我和幺儿手牵着手慢跑，因为渐渐听见激越的乐音。到梓橦路学校门口，碰上一位正念初三的女生，她边开门边热情地说："叔叔，你们进来吧！"

似《社戏》中赵庄的戏台，体育场那边的天空罩着一片红霞。我们快步上前，只见醒目的"和"字背景，无数的荧光棒，围着舞台挂有一圈红灯笼。印象最深的是隆重的退队入团仪式，抒情语精彩，最后一个环节是家长们上台为自己的孩子佩戴团徽。

精彩的节目有手语操《感恩的心》、英语情景剧《音乐之声》和《木兰诗》。

刘校长和几名师生同唱《真心英雄》，唱到动情处，他说："孩子们，让我们一起做真心英雄！"主持人那激情、丰富的语言也给我留下深刻的印象。

买了两盒"摔炮",打的回家,过小区保安室时,我问正在梓校念四年级的洋洋:"幺儿,两年以后,你想参加这样的活动吗?""不想。"他的声音较小。我便相机引导他主动锻炼、积极争取。

回家后,吃雨生熬好的银耳汤,然后和洋洋去楼上的平台放火炮。

首次认识"二连爆"——没玩过,洋洋很有创意地在一根塑料管里放几个小火炮。最精彩的是一个"大炮"滑入铝盒,炮响以后,铝盒飞入小黑桶,水花四溅,连上方的节能灯周围也有水汽飘绕,一看小盆,几处变形凸凹,威力巨大呀!

在鱼池里只放了一个小火炮,因为洋洋说:"小鱼要睡觉了!"

洋洋昨天又掉了一颗牙,今晚漱口后,我建议他吃两颗木糖醇"刷牙"。后来他洗澡时,因为天太冷,浴霸早已不能用,便协助他穿衣服。

不多时,幺儿甜甜入睡。我只听见他均匀的呼吸声。

2011年9月30日　星期五　晴

上午,秋高气爽。

2009级的弟子——泽梅,回到母校太伏镇中,特意来办公室看望我,她曾担任我的语文课代表,现正念高三,品学兼优。

我高兴地给她倒了杯开水,继续批改她的学弟学妹们的周记。她饶有兴致地选了几本,津津有味地看起来。

时光仿佛回到两年多以前,我突发奇想,便笑着问她:"泽梅,初中阶段,你印象最深的语文课是什么情形?"她愣了又愣,说:"好久了,记不大清了,好像是《钱塘湖春行》吧。""喔,你还对白居易的诗歌感兴趣?"她不好意思地说:"您在上面讲,我好像在书上画白娘子……"

一瞬间，我似乎看见《从百草园到三味书屋》里的场景："先生读书入神的时候，于我们是很相宜的。有几个便用纸糊的盔甲套在指甲上做戏。我是画画儿，用一种叫作'荆川纸'的，蒙在小说的绣像上一个个描下来，像习字时候的影写一样。"

内心不由得升起一丝愧疚，自己为学习古诗文的孩子们考虑了多少？他们对古诗的态度是什么，想怎样学习古诗……我们往往按照自己的"武术套路"打得汗流浃背，将古诗赏析得"头头是道"，在教学中是否精心设计、充分达成了"情感目标"，还是将其作为"标签"，在结课时一"贴"了之？

是的，语文，应该凸显人文性，润泽学生们的心田，引领他们在丰富多彩的语文活动中体味名篇独有的精神、大美和情怀……

2011年11月1日　星期二　晴

我让九年级5班的全体同学以"语文半期考试"为话题，写写自己的感受，以了解孩子们的心声，收集信息，并调整自己后半期的教学。

由于试题难度高过中考题，确实让大家体会到中考试题的"味道"，100分的总分，全年级无一人上80分，连上70分的学生都寥寥无几，多数学生都认识到情况的严重性，不少学生在"深刻反省"、写"忏悔录"、整理改进措施。

一个中等生写道："老师，您说的是真的，冰冻三尺非一日之寒，我终于理解了……"

女生小檬在作文本上写下近一页感受："进入九年级，我每天都觉得很繁忙，而且感到非常有压力，所以预习不好，复习也不好，所以上课就不能理解课文内容……"

读到这里，我看见了一个渴求上进、背负压力、苦苦挣扎的学生。

她还写道："面对文言文，我不想去多理解，因为我觉得太麻烦了……"

在她的文稿下方，我工整地写道："古文确实是难学一些，需要你读、思、记、练、考，加油！"

"应该是我对语文没有太大的兴趣吧，总以为中国人怎么可能学不好汉语呢？我上课有'坐飞机'的行为……却不知道，上课认真听讲十分钟，胜过课后奋斗一小时……"小静吐露了自己的心声。

该同学的最后一句太经典了！"血"的教训呀！

正向优生"进军"的冬梅谈了自己的体会："我有些害怕上语文课，有时甚至害怕自己在语文上太出丑，这样，只要犯一点错误，老师就会生气，我也知道这是严格要求，也是对自己好，但我真的不习惯这样的方式。我觉得我应该在语文方面更坚持一点……"

我陷入深思：自己平时注意营造宽松的活动氛围，鼓励学生大胆发言，是否在学生犯错时，不知不觉中显得过于严厉……因为孩子们的心敏感而较为脆弱。

以人为镜，可以知得失。通过这样的方式，我感受到孩子们的进取心、自尊心，他们多想学好自己的母语呀。让我们多聆听学生的心声吧，多一些交流、多一些关爱、多一些指导吧……在他们十六岁的雨季，和他们谈谈生活，聊聊人生，而不只是"语文成绩"。

2015年2月19日 星期四 阴

今天是正月初一。

早上，在老家二哥处吃汤圆，由于老母亲想先去观音桥，再去挂坟，所以早上给她拜年时匆忙了些。侄儿春文的反应很快，在一家人一家人地给自己的婆拜年时，他用平板拍了些照片。

然后去挂坟，一行约20人，挂纸，焚香，点烛，叩拜，表达哀思与祈愿。

接着去临江镇挂祖坟，五嫂、俊熹是第一次去，二哥、嫂子和我也是许久未至。

水泥路通了，立起不少新楼房，问了住在附近的蒲三姑才确定祖坟的具体位置，只见刺木杂生，大家便砍的砍，扯的扯，清理了一番。

然后去长江边转了转，如山的沙石矗立着，据说已不准在江边任性地采沙石，居然觅到一处水静沙细的浅湾，为俊熹拍下多张照片。由于要赶着回三爹家吃午饭，只得不舍地离开。

午饭时人有点挤，居然见到爱开玩笑的水清老表、曾大老表和远在北京的曾表姐，聊到我小时候在曾外婆、舅娘处的事情，时光仿佛倒流三十多年，于是酒量不高的我，主动陪他们喝点啤酒或白酒。

今天是七哥的年酒，又有不少亲戚探望患病的三爹，故而稻场上显得特别热闹。

2018年1月13日　星期六　晴

2018年1月13日上午，泸州市作家协会2017年度会在泸州市图书馆三楼会议室召开。来自全市四县三区的会员们欢聚一堂、其乐融融。

我有幸作为新会员代表，满怀兴奋、声情并茂地做题为《聆听文学花开的声音》的交流发言，内容如下：

尊敬的各位领导、作家、会员朋友：

大家上午好！

首先，衷心感谢泸州市作家协会给予我们向在座各位学习的宝贵机会！

今天，我谨代表新近光荣加入泸州市作家协会的17名新会员，向各位领导、老前辈、名家致以崇高、诚挚的敬礼！刚才聆听了几位领导的发言，话语令人鼓舞，成绩使人自豪，愿景催人振奋。现在，我想和大家分享的题目是《聆听文学花开的声音》。

泸州市作家协会精英荟萃，名家辈出。能够加入这个传统优良、成绩卓著的文学团体，融入这个温暖、奋进的文学大家庭，我们感到非常激动、幸运和自豪！因为"好作家往往是相伴而生、相辅相成的。在枯竭的大地上，你很难长成一棵参天的大树"。珍藏了千万次深情的回眸，历经了多少次生命的累积，今天，我们才能站在年会的殿堂里，才能体味无比幸福的时刻，才能拥有这份润泽心房的厚谊！几度风华，如许春秋。岁月也许会让我们遗忘很多，生活或许会隐去人生的些许光泽，但唯一磨灭不尽的，是我们对文学的那份热望和执着！

今天，一下子觉得文学的殿堂和缪斯的青睐，离我们是如此之近，那样触手可及，这都得益于泸州市作家协会给予酒城文学爱好者们的热忱关怀和无尽厚爱！

既然抉择了文学，文学也就选择了我们。今后，我们将严格遵守泸州市作家协会的各项章程，积极参加协会活动，在市作协的关爱下，在各位名家的教诲中，努力让文学的梦想生根发芽、绚烂如花。

"没有金刚钻，难揽瓷器活。"我们会不断审视自己，能不能把握住活力、张力和定力，做到"更谦虚一点，更耐心一些"？"立德立言，无问西东。"电影《无问西东》中说："这个时代缺的不是完美的人，而是真心、无畏和同情！"我们尤其应该葆有一颗对文学的真心！需要虚心地向社会学、向名家学、向实践学、向经典学，扎牢根基，增强底蕴，因为，只有厚积薄发，才能让作品饱满和从容。

把自己放在21世纪社会、文学的大格局、宽视野、多维度中，去反思、衡量自己的差距和不足，只争朝夕，砥砺奋进。因为"文学创作的道路没什么捷径可走，唯有找准自己的位置，把它当成真诚的信仰，认真、用心地写下去，努力、固执地写下去，心无旁骛地写下去"。只要路对，不怕路远！

牢记使命，扎根人民，坚守文学理想，脚踏现实大地，情系原乡文化，传承泸州文脉，弘扬酒城新风，让"二为"内化于心灵，让"双百"升华于实践，努力创作出饱含着生活气息的、有温度的、文质兼美的作品。

期盼着我们的醉美泸州蒸蒸日上、一日千里；祝愿泸州市作家协会涌现更多德艺双馨的优秀作家！提前祝福各位：春节快乐、吉祥安康！

会后，知名儿童文学作家，肖体高老师微笑着对我说："小平，祝贺你加入市作协！你的发言很精彩。"

2018年7月11日　星期三　晴

约凌晨5点，老家的二哥就已起床，打开房门："老幺，打米机的电压不够，关一下空调。"其实外边已经凉快了。

本来就睡得不大好，这下子，正好趁机听听老家的青蛙、昆虫们担任主唱的音乐会，正是"稻花香里说丰年，听取蛙声一片"。

早上吃汤圆。约8点钟，我拎上一袋藕粉、一听茶叶，陪母亲去稻场上看望三爹。

六哥家的次女——勤劳孝顺的春敏，煮了稀饭，给自己的爷爷端来放好，去切泡豇豆，再送到爷爷桌前。接着，担任副班长的她去忙着核算、登记本周的纪律考核分。

在三爹家，我兴致勃勃地发朋友圈，名曰"盛夏乡村·五彩斑斓"。

辞别三爹，我特地陪母亲去鸭嘴上（某跑圈居然能显示该地名，令我吃惊）的河沟边走一走，穿过竹林，绕到水边，李高全的妻子正在桥边石板上洗衣，热情地向母亲打招呼。

水清澈多了，水葫芦长得正旺。只是没能看见小时常见的又长又扁、游动迅疾、一群一群的鱼儿——船丁子。

想到母亲到这些地方已很是难得，便为她照相存念。

送母亲回到二哥家，我独自去自己的第一个母校——沙土村小转了转。校舍已被一户农家购买，修了砖混结构的两层楼房。

我轻轻推开院门看看，校园只剩下一点校舍，厚厚的泥墙坍塌了一些，木梁上的青瓦掉了不少，只有平整石板铺就的"操场"保存得最完好。泥墙旁边石头上青幽的苔藓，似乎还在诉说孩子们的书声与欢笑、学校的故事和荣光。

沿着六角田水库走了走，水洁净了不少，近两天热起来，水面不时有鱼儿游动、"吸氧"，不少农人都在地里掰玉米。

午饭时的主菜是土鸡汤，姻伯（二嫂的母亲）和母亲都喝了不少。

午休后，我又在原来的客厅整理一点日记，读勾朱光潜先生的《谈美书简》。

下午，突然刮风，于是去抢"偏东雨"，和二哥、二嫂收拾晒在五哥院坝里的豆子、苞谷，而堂屋里，母亲、姻伯正专心致志地抹苞谷——把苞谷在黄胶鞋底部刮搓脱粒。两位老人家今年的岁数加起来刚好170岁，一看就是富有"英雄本色"的"高级技术人员"。

晚餐吃豆花，后来和周雨一起看了会儿电视。

下雨了，凉爽许多，索性敞开门窗。空调、电扇终于可以歇息一下。

2018年7月20日　星期五　晴

早上，我约6：20起床，削梨子，烧开水。洋洋约6：30起床，洗漱以后，返校前买了一本标价9.99元的电子书。

吃了汤圆、牛奶以后，我拉着"菜车"去新区转盘农贸市场。清真牛肉33元一斤，排骨16元一斤，再买点铁棍山药、现包饺子、1.3斤本地鲫鱼，约130元就消失得无影无踪。

天气渐热，乡村里约20天以后就将打谷子，估计到时小菜的价格还将上涨。

我把雨生的新裤子送到"帮洁洗衣"后，就去市中医医院门诊五楼针灸科，询问魏医生自己肝功的检查情况。知悉自己的肝脏已有抗体，感觉真好！

身材瘦高的护士热心地给我送来两瓶西药，说："出院手续已送下去了！"

"这几天辛苦你们了！"我由衷感谢。

原以为自己会付款约1500元，结果只花了约500元，医保报销了3000多元。

临近11：30，到小成打印店，小郭兄弟印了部分《散文潮》，彩印封面并装订，效果不错，够我品读一番了。

午休后，炖山药排骨汤，味道还不错。

后来，品读《读者》（2018年第9期），其中《童年情事》一文真切、细腻、风趣，而《飞越一万多公里去爱》一文则让人感动不已。

"玛莲娜怀念美好的日子，整日守候在屋顶，它知道大K一定会回来，在某个美丽的午后。来年早春，大K又是候鸟中第一个飞到小城的白鹳。在接下来的很多年里，同样的情节年复一年地上演。就这样，它从2001年飞到了2017年，整整16年。"

"它们的照片，被做成了各种明信片，在恋人之间传送。'你若不离不弃，我必生死相依。'这些动人的文字，被一对生灵，演绎得字字入心。"

这样的坚贞爱情，这样的纪实作品，令我的眼角悄然潮湿……

2018年7月27日　星期五　晴

今天是某跑圈在线10千米比赛的日子，早上，我买好菜后，乘坐275路公交车，到国窖长江大桥附近的沙坪坝公交站，徒步到东岩公园。

一位师傅正在吹奏口琴——经典的苏联歌曲，深情款款，还有和声。待他休息时，趋前询问，方知他姓李，练习口琴已近20年，为他摄像并与他合影留念。

遇见两三个护理员正为花草浇水。刻有"东岩孕秀"四字的楼阁里，有个乖巧的小女孩扑在胶垫上，摆好画笔，好不快活！

想去寻访"还我河山"四字，上次因有"恶犬伤人"警示牌作罢，而这次居然有铁栅栏一一封路。

觅到缺口往下，街道很窄，房屋残破，一看就是拆迁走了，"茶马古道"碑记与周遭形成鲜明对比，相信在打造两江四岸的重大项目中，古道会有重焕光彩的一天……

滑坡壁，过管道，贴沙壁，尤其惊险的是徒手攀爬长满杂草的陡壁，草多壁滑，又担心有蛇，灰头土脸地"爬"将上去，无心插柳柳成荫，居然见到传说中的东岩寺。沿着长长的石壁，有佛祖、菩萨、土地公等塑像，由于临近农历六月十九日，有善男信女来此分别点上一盏油灯。

这时，寺后那林蔽草隐的小路，在我眼里俨然是畅通无阻的"高速公路"。

上面正是新建楼盘，好不容易寻到洒水车加水处，想给灰扑扑的自己洗把脸，正准备去找抹布擦拭"老北京布鞋"时，突然窜出一条黑色大狼狗，我大惊失色，往右侧闪躲，摔入草丛，幸好没有石头、铁钉、尖刺，万幸的是有条铁链拴着那狗，不然……

一番"东岩历险"后，坐275路车回家，洗漱，单是洗发液的用量就是平时的3倍。

下午近3：50，到泸高毓秀楼，雨生、邹五姐也来了。在3011教室开家长会，我准备随手在后面拿取一个笔记本，垫着做笔记，仔细一瞧，居然是俊熹的一些学习用具。

会后已近6：30，约洋洋去"老戴爆肥肠"吃晚饭。和雨生走在路上，交流关于俊熹的综合情况。

2018年10月13日　星期六　小雨

今天，纷飞的秋雨里，我满怀着好心情，来到新开发的古郎洞，参加古蔺县作家协会举办的"川黔作家'相约古蔺'采风活动"。

午餐前，一行人沿着柏油路欣赏美景。进入秋季，这里的空气更加清爽，虽是初秋，仍然流淌着绿意。盐井河唱着秋天的歌谣，有时静静流淌，有时在堤坝处倾泻而下，流水好似白色的锦缎，低音变成高音，其两岸是高耸的青山，郁郁葱葱。

右边的山林里，居然见到两三只红嘴的鸟，唱着歌儿，敏捷飞跃。我正想用手机拍照，不想它们早已钻入林中。

古郎洞下边的斜坡，种树，植草，草皮微微露出点黄色。

吃完午餐，文友们开始入洞游览。来自兴文县作家协会的刘主席边走边评，让我对溶洞越加了解、亲近。

有位文友找到石壁上的"狮子"，还煞有介事地指点给我们看，母狮子在哪儿，小狮子又在何处。

一块巨石被称作"诺亚方舟"，其上方的石壁，颜色或浅或深，好似飞天图案。是的，参观溶洞，若放飞想象，便会收获更多奇趣。

下山时，格桑花、百日菊淡淡的香气飘向山腰。

我见到一个当地的小女孩，提着小篮子，蹦蹦跳跳，似山间的麋鹿。我们还没走到电瓶车接送点，那个女孩已经返回。我好奇地问，才知晓其今年八岁，在复陶小学念书。

平日在书声琅琅的校园学习知识、增长才干，周末走近广袤的大自然——天然的学校，亲近自然，帮助家人，真好！我再次看向她，带着赞赏与欣喜。

2018年10月14日　星期日　晴

上午，我轻轻地翻开文质兼美的《小学生写作诗歌33课》。这本书是我请古蔺的高姐帮我购买的，并趁着易东老师到古蔺县参加儿童文学研讨活动的时机，高姐代我请其签名。

翻过封面，见到易东老师欣然题字勉励的字句："周小平老师，把诗的种子播撒给孩子，会有一个神奇的世界。"感慨、感激之情油然而生。

晚上，我去酒城大剧院观赏中国歌剧舞剧院编排的大型民族舞剧《李白》，堂座12排39号。见到许多家长带孩子前来观看，可惜俊熹有晚自习无法前来。

诗仙李白自然是我们家喻户晓的大诗人，通过今晚的舞剧，更沉淀一份情感。

音乐响起，那荡气回肠、大气蓬勃的古风音乐瞬间将画面带到盛唐时，也将李白跌宕起伏的一生娓娓道来：兵败，受宠，遭贬，游历，创作……

多元化的艺术形式将李白创作的好多经典诗歌呈现，让我们不禁赞叹编导精湛的功力、演员们的高超水准。

尾声以一首男声吟唱的《静夜思》结束。李白慢慢地步向圆月，最终与明月融为一体形成剪影。

画面、音乐、意境俱佳，让观众们感受到迥乎不同的李白，高倡浪漫主义的李白，洋溢着激情、才情与豪情的李白。

表演结束，主演胡阳领着一众演员在台上鞠躬谢幕，大家站立起来，全场爆发出雷鸣般经久不息的掌声，且不愿离场，以至于演出团队颇感意外，三次谢幕。

我想，这主要缘于主人公诗歌成就、系蜀中名人、精品舞剧的综合效果，更有酒城市民们对"天子呼来不上船，自称臣是酒中仙""斗酒诗百篇"的李白的别样情愫吧。

2018年10月21日　星期日　晴

早上煮冬苋菜稀饭，饭后品读书籍。

下午用海带炖了点鸡汤，晚饭后还较早，便去滨江路散散步。

回家观看CCTV-5直播的CBA揭幕战，由辽宁对阵山东。约8点，提好苹果、剥好的柚子等去位于凤凰山之巅的泸高。

由于泸高严格管理学生手机，我昨天与俊熹的班主任王老师约好时间——明晚8：50，请俊熹利用自习课的间隙应约来会。

俊熹穿着校服，小跑来到大门口。知道自己近一次月考年级300多名的他耷拉着脑袋，眼神有些疲倦。

我赶紧拍拍他的肩膀劝慰：主动找相应学科老师共同分析、对症下药，轻装上阵，劳逸结合，多吃新鲜果蔬……

最后，我对他说："幺儿，你学过《孟子·告子下》，'故天将降大任于是人也，必先苦其心志，劳其筋骨，饿其体肤，空乏其身，行拂乱其所为，所以动心忍性，曾益其所不能'。爸爸妈妈相信你志存高远，能勇敢面对、磨砺自己！"

"丁零零"，下节自习课的铃声骤然响起，我俩只得分别。他向着教学楼奔去。看着夜色里那道瘦削、跃动、渐小的身影，我默念：幺儿，"宝剑锋从磨砺出，梅花香自苦寒来"，祈盼你平安健康，经受高三的考验，稳扎稳打，继续加油……

2018年10月22日　星期一　阴转晴

早上6点起床，去学校和梓菡的爸爸一起扫舞台、抬电子琴、弄插线板等。天公作美，居然有红日闪现。

大朝会展示时，滽轩、烁然主持大方；梓菡、雅琪、一菲的合奏《凉凉》，效果挺好。

佳潞、佳怡领衔的舞蹈《青花瓷》，服装好似青瓷，扇子相得益彰，效果很不错。

待其他班的同学回教室以后，我组织本班的全体同学和到校协助的家长朋友们在主席台的大屏幕下留下"秋之韵"美的印迹。

后来，我还招待佳怡等9人去主干道附近的"晶晶抄手"吃东西，犒劳一下他们。

上午第三节课评讲《同步》，复习园地三、四。第四节休息时，看到北山兄弟的网络作品，我的眼前又浮现出昔日的场景：初会于叙永县石厢子，他身材较矮但敦实，肤色较深，头发偏短，精神抖擞，说自己是穿青人，游览彝族新村时有独特评价，晚餐时喝酒爽快，并以较纯的音色献上两首贵州歌曲，赢得一阵热情的掌声。

前段时间读其发表于《毕节日报》的《如川记》一文，今又读其原创的《生命的黑子》，有才情、爱创作的北山兄弟，令我反省：需及时将观察、感悟梳理存档，心路历程多一些人性的抒写与反思……

利用下午第二节音乐课进行班级入场式训练，戴牛角或兔耳，练行进，呼口号——为明天的第36届秋季运动会开幕式做准备。

下午办公会时，记录要点之余，即兴"赋诗"一首，题为

《秋日感怀》："白驹过隙四十三，教育写作意满怀。顾家锻炼须谨记，斑斓四季款款来。"

2018年10月30日　星期二　晴

前段时间雨水较多，今早，长江对岸，朝霞满天，舞着两道白练。

今天是侄儿春文走进不惑之年的日子，本想为他庆贺，可他正常上班，已开着大货车从成都出发前往习水。

惊闻武侠泰斗金庸先生于香港辞世！不由忆起自己在泸县、叙永念书时捧读先生多部大作的情景。

午餐短班后，准备回家午休一下，经过小操场时，发现两名身着秋季校服、可能正念一年级的女孩正捡樟叶、拾樟果，并按照颜色、"美丑"分类摆放，"小棉袄们"童心可嘉！

酒城宾馆里的香樟亦很美，我乘兴拍几张照。

下班以后，我特地沿着斜坡去天子殿报亭买今天的《华西都市报》《川江都市报》——果然登载有对金庸先生的专版报道！便欣喜地买报存念。

曾有人问金庸先生："人生当如何度过？"先生答曰："大闹一场，悄然离去。"此语何其精辟！

从《川江都市报》获悉，来自西伯利亚的红嘴鸥近期又飞临东门口，便沿着滨江路步行。

东门口暂时只有数十只红嘴鸥，它们或高飞，或盘旋，或舒展双翅贴着江面梳妆打扮，波光粼粼的江面将其倩影荡漾开去。

旁边有两人在喂食，他们将面包一点一点撕下来，向空中一抛，红嘴鸥边轻捷地飞来衔住，再飞开去，甚是聪明。

他俩告诉我，这些"精灵"已来酒城泸州十余天，可能再过段时间，"大部队"才会飞抵此地。

2018年11月4日　星期日　阴

早饭后，我在洗衣机那"奇好"的旋转声里整理了几则日记，又翻出前几日的《华西都市报》《川江都市报》，品读关于金庸先生的报道。

"飞雪连天射白鹿，笑书神侠倚碧鸳。"1924年3月10日，查良镛在浙江海宁出生。1955年2月8日的香港，《书剑恩仇录》在《新晚报》的"天方夜谭"版开始连载，署名"金庸"。从此，查良镛以"金庸"为名，在纸上开创了一个江湖世界。那里有刀光剑影，也有儿女情长；那里有国仇家恨，也有快意恩仇。有华人的地方，就有金庸先生的武侠世界。

后来，体高老师打来电话，邀我参加其拟于下周六在市图书馆召开的新作改稿会。又是一个学习观摩的好机会！我欣然应允。

1996年，他热情鼓励我将散文《家风——沉淀岁月的精华》投稿至《泸州文艺》，结果顺利刊载。

在后来的好几次活动里，肖老勉励我："小平，你的文笔不错，注意还可以写点人性的、细节的，注意语言的节奏……"

今天，我抽空看了久成兄弟的微信朋友圈，丰富，简洁，往往呈现单幅图，配上一句评点，如"想起了好多往事，幸好书还在手边"，言简义丰；常常有真知灼见，如"类似的学术起点，有些人四十岁以后才真正发力，有些人还没到四十已是强弩之末，打烂了一手好牌。小环境太顺风顺水不是一件好事，洼地里难出高峰。惋惜。"此语令人警思。

他涉猎的戏剧著作之广同样令我惊叹。

2018年12月31日　星期一　阴

老天阴沉着脸。

我把手揣在裤兜里仍然觉着僵冷，和雨生从滨江路一直上坡，赶去泸高。到小操场时，已气喘吁吁。

沿着跑道前行，家长们快到指定位置了，相应班级的同学们便呼出响亮的口号。C2班由一个身强体壮的男生高举班牌。

见到幺儿俊熹了，雨生奔过去，帮他整理外衣，亲昵交谈。俊熹领到了崭新的《中华人民共和国宪法》《成人手册》。

听着激情飞扬地解说本班的语句，我们一家三口手牵着手，昂首挺胸地通过成人礼的"成人门"。

到凳子边，洋洋执意让雨生、我挤着坐，自己则蹲在旁边。我们一起听李校长、年级组组长热情洋溢的讲话，观看现场采访互动——"泸高三年，带给你什么"和校友祝福视频。

旁边一个同学的妈妈，长得偏胖，站起来像一堵密不透风的墙。她用平板照了又照，拍了又拍，其丈夫委婉提醒："拍弄多（那么多）干啥子嘛。"

主席台上那位女生的妈妈罹患白血病，前段时间全校师生积极捐款、奉献爱心。她动情地说："我的理想是大学毕业以后当老师，这是我母亲的愿望，也是我的愿望。"

她的坚强、孝心令人动容。

家长与孩子互赠书信环节，俊熹的信件较为简洁，书写比平时好多了，一看就是精心准备。

令人感动的还有2019级两千余名学生起立合唱《父子》，声情并茂，亲情浓郁，虽不甚整齐，但直击人心："我们都不善表露，可心里全都清楚，这就是血脉相传的定数……"

我双眼湿润，低埋着头，任凭声音灌入耳朵，渐至淌下泪水，又咸又热。这是43年来，我参加过的最受感动的活动，没有之一。有的家长哭得稀里哗啦；有些家长如我一般，银丝过早地爬上头来。

活动结束，孩子们在本班的签字板上签字，而家长们久久不愿离去。

孩子的成人礼只有一次，短短的两个多小时，必将给孩子、家长留下终生的烙印。这也是家长的成人礼，孩子已是成人，和他们相处，应该学会平等，学会放手。

遗憾的是，我此前没有了解到家长要为孩子准备一份礼物的讯息，只备了一封书信。俊熹，那我就送你一份祝福——"十八而志，青春万岁"，祝福你和同龄的孩子们都有属于自己的青春底色和成长记忆！

当晚，我用一个小袋子装好自己参加广州网上马拉松的完赛奖牌，准备明天上午到新区转盘买本相册——作为赠给俊熹的成人礼，一份迟到的小礼物吧。

2019年9月9日　星期一　晴

今天上午大课间时，郑世清校长特地安排本期被教育部选派到刚成立的会东二小的支教老师——我和来自昆明的李老师，到主席台与全校师生交流。

我怀揣激动，接过话筒，拿出文稿，分享心语：

尊敬各位领导、老师，亲爱的同学们，我是北京教育学院会东县支教团的一员，名叫周小平，来自中国酒城·醉美泸州，任教语文，爱好阅读、写作和体育。在秋高气爽、色彩斑斓、硕果累累的秋天，有幸来到美丽的会东二小，很高兴在未来的半年时间里，能和大家一起共同学习、工作和成长。今天，站在迎风飘扬的五星红旗下，我想和大家分享的题目是《牢记使命，播撒种子，共同成长》！

首先，请允许我向一直以来给予我们莫大关怀的学校领导，积极支持我们支教活动的各位老师，以及聪明、可爱的同学们，表示最诚挚的感谢！

我们有幸能在会东二小这自然灵秀之地成为同事，成为师生，成为朋友，要特别感谢各位领导、老师对我们的关心和帮助。化感谢为珍惜，化珍惜为动力，化动力为行动，唯有以高度的责任心和全心的努力，尽心竭力地完成好支教工作。

2019年9月2日下午，在绵绵的秋雨中，我们离开西昌市区，怀着对支教生活的新奇、兴奋和激动，一路走来，随着车程的深入，绵延的公路两侧扑面而来的村庄、田野，昭示着我们即将展开支教生活的新画卷。

当我们来到"川滇明珠"，来到会东县城，来到第二小学——我们共同的新校园、新家园，就有了另一种归属感。会东县委、县政府、县教体科技局、二小的领导们为我们的生活作了精心安排，解除了我们的后顾之忧，校领导及老师们的热情接待给了我们温暖、贴心的关怀，可爱、淳朴、自强的孩子们对支教老师的欢迎给了我们极大的鼓舞。老师们教学工作的认真负责，午餐管理的井然有序，同学们胸前鲜艳的红领巾，略带羞涩而饱含热情的"老师好"，俯下身子抹墙角的身影，整齐的大课间，操场上生动活泼的场景……无不在我的脑海里留下深深的烙印。

随着时日的增加，了解的深入，我想，我俩和老师们、孩子们会更加亲近，亲如一家！会东二小校园是全校师生共同学习、生活、成长的"大家庭"，能成为这里的一员，是我的一种期待、缘分和幸运！

作为来自北京教育学院会东县支教团的一名教师，与会东二小的领导、老师、同学们的相处时间虽然只有3天，但面对巍峨的群山，面对纯朴的乡情，面对挚爱教育的老师们，面对孩子们热切的眼神，我会把支教工作当作中国梦与个人梦想的有机融合，看作是灵魂的洗礼，当成是责任感的呼唤。我将用心用情，倾智出力，牢记使命，播撒种子，共同成长！

尊敬的各位领导、各位老师，亲爱的同学们，我们头顶同一片蓝天，胸怀同一个梦想，衷心祝愿：我们的会东二小，同事们，同学们，就像温暖的太阳，辽阔的原野，葱郁的树林，光芒万丈，朝气蓬勃，茁壮成长！为了二小的明天、大家的明天、会东的明天更加灿烂、美好，让我们一道，不忘初心，砥砺前行！明天，就是第35个教师节了，请允许我提前祝福亲爱的同事们：节日快乐、吉祥平安！

大家听得很专注，还报以真诚、热烈的掌声。
我那海浪般的心潮，许久不能平复。

2019年9月10日　星期二　阴转晴

一早，微信里关于教师节的信息便"飞"了出来。

今天，我将在凉山的会东二小度过这个特别的教师节，很是期盼。

上午第一、二节课，李应学副校长陪我分别去一年级1班、二年级2班听语文课、数学课。数学课的授课老师名叫郑世玉，今年56岁，前些年已评高级职称，因为"舍不得娃儿些"，主动申请留校再教5年。她思路清晰、训练多维，真是宝刀不老！

大课间时，郑校长组织孩子们活动，全校孩子齐声说："亲爱的老师们，节日快乐！"中气十足的童声响彻云霄。

午饭后，我回人才公寓休息了一会儿，然后撑着伞沿着鲹鱼河步行，河边的风较大，天空的云儿时时变幻，近半小时才到校。

下午放学后，我们去参加教师节座谈会，地点就在梦想楼底楼的一间教室。里面的桌凳已被拉好，摆上了瓜子和花生。黑板上写有"老师，您辛苦了"几个大字。我建议写上校名、时间，以便拍照存档。

活动由工会刘主席主持。老教师、新教师的发言均情真意切，郑校长发表了热情洋溢的讲话，我和李老师分别交流了近一周来的支教感受、诚挚祝福。大家自由地聊着天，灿烂着节日的笑容。

简短的活动后，大家一起将临近厨房的操场地面冲洗干净，搬出几条凳子，将碗碟放在地上。总务处曹主任特地提前下厨做了一道硬菜——白斩鸡，大块大块的，大家用手拿着，蘸点盐巴、辣椒就开始啃，很是劲道。此外还有会东特有的黑山羊、荞麦饭、荞麦酒等。

大家天高地阔地吃将起来。我端着荞麦酒一一去敬我的"新战友们"。

鲹鱼河的潺潺流水，将会东二小校园里的笑语欢声，漂送，漂送⋯⋯

2019年9月16日　星期一　晴

早上，在秋阳里举行升旗仪式。先是五、六年级获得一等奖的学生们朗诵，然后举行"我心中的好老师"学生征文颁奖仪式。美中不足的是，二小的公章还没办好，盖的是"小岔河乡中心校教务处"的印章。

上午第一、二节课，我修改12岁的彝族小姑娘海花的习作——《听爷爷讲那过去的事情》。她写了自贡知青杜老师扎根会东县野租乡村小30年的感人故事。

第三、四节课，我和语文组的老师们一起，到舞蹈室观看小语专家视频讲座——"小学语文文本把握"。

第四节课，我作专题讲座"最是书香能致远——小学课外阅读指导策略"，结合名言、例子，具体谈操作策略。看得出，多数老师对讲策略比较感兴趣。

下午第二、三节课，二年级3班的教室，在张凤珍老师的协助下，组织了"星航"文学社的首次活动，主题为"怎样把内容写具体"。

活动中，先共同探讨"周老师可真瘦！"怎样通过写脸、手、腿，将"瘦"写具体。

我还故意抛砖引玉——"要是风大些，周老师可能会被吹跑吧！"大家笑得挺欢，先前的拘束不翼而飞。

接着，我让同学们自告奋勇当"模特"，无人举手，便指定了前排的一个小女孩——紫薇，让她到黑板前作自我介绍。然后组织同学们讨论怎样围绕"可爱"一词具体描写。我边听边板书："可爱"在哪几个方面、修辞、词语，有三四个同学写得较好并主动起立朗读。

最后交流的男生读道："小薇长得真可爱。头发是黑色的，又多又密，像天上的星星一样，数都数不清。每天都会用橡皮筋扎一下头发。她是瓜子脸，单眼皮，水汪汪的眼睛就像两颗透亮的宝石。戴着一个白色的耳环，笑起来有个小小的酒窝，酒窝里虽然没有酒，但足以让一些同学醉上头……"

我当众朗读、点评，然后笑着问紫薇："最后那个小男生写你的语句，你满意吗？""满意！"她笑盈盈地答道。

会东、会理两县均盛产石榴，软籽石榴誉满全国。有位女生习作的题目是《老家的石榴花》，她写道："石榴美丽地展开了，远远望去，好比那燃烧着的熊熊烈火，又似那美丽的晚霞。走近仔细看，那些美丽的石榴花，像一个个粉色的小喇叭似的，花瓣中间星星点点的淡黄色，好看极了！它那一片片半圆形的叶子，一朵朵美丽而芳香的花，在金色的阳光下点头欢笑，好像在欢迎我去做客呢！老家的石榴花多美啊！"

办公时，利用空闲时间，将海花1000多字的习作改为600字以下，再赶去参加支部会。

今天的活动多，感冒导致的慢性咽喉炎发作，嗓子有些沙哑。晚上，看了一会儿纪录片《神奇的森林》、韩国电影《回家的路》，洗漱后早早就休息了。

2019年9月17日　星期二　晴

早上，由于政务中心一带停电，只好去垭口"老面店"吃排骨面，喝了一碗豆浆，遇到一个小妹带着孩子卖生姜——5元一斤，比酒城的短一些，姜指也没有那么红。

上午，郑校陪我们去听随堂课，六年级1班的老师原本想用多媒体上课，由于停电，便评讲练习册。

六年级2班教数学的王老师成竹在胸，学练讲评、师生共学，效果挺好。

下午协助清点迎接开学工作检查的资料，主动检查门卫室、校园值周汇总、校务公开栏等，并向郑校提出建议。

放学后骑小黄车去城区，光线强，路不熟，先去会东车站问询。

"到大桥不？"许多摩托师傅凑过来问。问售票处工作人员，得知会东没有到泸州的客车——这个我早有心理准备。

"会东到西昌5个多小时，票价88元！早上6：25有客车去西昌，可提前9天买票。"

我用手机查了一下，西昌到泸州每天有两班客车，其中一班早上7点出发！这一次，真切地感受到会东与泸州的时空阻隔！

问了好几家店，终于买到贴寝室玻璃的窗花纸——在会东中学斜对面。

饭后，贴好窗花纸，外边的光线才暗了一些。洗衣、洗澡后，看《回家的路》后半段。电影中的妻子遭受了为期两年、苦不堪言的牢狱之灾，她很坚强，胸中是对丈夫、对女儿的爱意与牵挂。丈夫尽心竭力地寻求帮助，令人感慨！这才是该有的爱情和婚姻的模样！她在给丈夫的信中写道："相识、结婚、八周年纪念日，这是我一生最难以忘怀的……"把我感动得热泪盈眶。

后来，读勾阿来老师的《云中记》，才去休息。

2019年9月18日　星期三　晴

上午分别听三年级3班数学、六年级1班语文。前一节的老师系新接班，后一节课的主要内容是朗读、翻译《七律·长征》。

我再次修改《秋游龙凤山》，冒昧地向《凉山文学》（汉文版）邮箱投稿。

下午，县教体科技局周副局长一行到校检查工作。

交换意见时，周局谈道："你们现在已经是会东二小，需要转变观念、高站位、强管理。"代主任建议选配一个大队辅导员。我谈了两点："第一，新诞生的会东二小领导班子团结、务实、肯干，已经有了许多新变化；第二，由于二小无会议室，无英、体、美、科学等学科专职教师，建议局里更加重视，适当倾斜。"

下午放学后，我骑小黄车去彩虹桥附近联系做遮光的厚窗帘的店子。

晚上，看到有关于报道会东一小的——在小会议室组织迎检座谈会。看来，二小的硬软件与城区其他几所小学的差距确实比较大。

晚上看CCTV-5直播的亚冠四分之一决赛，恒大以1：1在客场艰难地战平鹿岛鹿角，涉险过关。

晚上，我与三姐微信交流，她说今天泸州拉响警报，她及时向母亲解释。母亲回忆到抗战时期日寇的飞机轰炸泸州东门口、钟鼓楼的惨状，都哭了！

9月18日拉响防空警报是为了纪念九一八事变，让广大市民勿忘国耻、居安思危，并不断增强市民国防观念和人防意识，熟知防空警报信号，检验城市防空警报技术性能。

以后，我该多询问母亲的生平、家族大事，尽量记录下来。

2020年9月12日 星期六 晴

上午，携师范好友部生、阿刚及其孩子骆驼，同游叙永城郊的玉皇观，领略秋之神韵。

部生的越野车敏捷地驰行，从西外到丹山玉皇观的公路已换为柏油路，山势渐高，风儿渐猛，乳汁似的云雾渐渐升起。

车停在景区管理处大门口，一下车，我们就浸在香气之中，仔细一瞧，原来附近种的金桂、白桂开得正盛。

四人乘兴游览，空气净爽，身处"氧吧"。

"雷劈石"似天神巨斧抢劈，从中裂开，仅容一人通过。石壁早已青苔丛生。

我见到竿竿翠竹，不禁忆起念师范时的两件事。

冬日的一个周末，班主任邵泽香老师组织全班同学游览玉皇观。队伍浩浩荡荡地开拔，踏上公路，穿过农户，爬上丹山。

"快看，有雪！"大家惊喜地叫着、跑着。几名活泼、调皮的同学趁其他人不注意，钻进竹林，猛地撼竹，竹梢的雪便"哗哗"地向下扑落，撒在头顶，潜入衣领。

被雪花"戏弄"的同学们展开绝地反击，竹林里响亮着欢愉的笑声。

另一次是某年的元旦，我约好部生，穿上新买的球鞋，准备徒步游览玉皇观以庆祝新年的到来。

原本出小校门时有点寒意，来到西外，穿过田埂，绕过村庄，竟渗出汗珠。

登上玉皇观，居然又下雪了！

这次雪景比上次学友们欢聚玉皇观要壮观得多，到处银装素裹，许多竹林被积雪压弯。返程时，我俩突发奇想，走另一条路，结果来到一条小道，两边满是荆棘，幸好缀足冰凌，不然，我们肯定会被划伤。

"平哥，你看这些石刻！"阿刚的话语将我拉回秋日的丹山。

我们爬到离玉皇观很近时，发现石壁上所刻之字，在岁月和风雨的摩挲下，已渐渐模糊，再也分辨不清年代、人名。

玉皇观里堆放着不少木材、赤色条石，看来正在修缮。

祈祝川南道教名山——丹山，在不久的将来，更加声名远播。

2021年7月26日　星期一　小雨

下了整整一夜小雨，今早仍是细雨纷飞。

我约7：35起床，发现三姐已然煮好稀饭、鸡蛋。

不多久，母亲起床，洗漱后准备吃饭。她用筷子头挑着什么东西，问大家："那些黑点点是啥子嘛？"

我过去看老人家的碗，明白了，她以为米没有淘洗干净，我赶紧解释："妈，这是黑米，营养比白米还好哩。只是皮皮是黑的，里面还是白的。"她这才不挑拣了。

六月的一个星期日，三姐家宽敞的客厅里，我见母亲倚沙发休息，便拿出早已备好的纸笔，又一次想问问她关于祖父、祖母、父亲的事，她连连摆摆手："有啥子好写的嘛，都是些鸡毛蒜皮的事情……"

我只好作罢，心里腾起一丝遗憾：为什么早几年不询问、记录，或者趁她与其他长辈聊天时拍下视频、录下音频资料呢？

母亲姓彭，名联波，排行老四，1931年农历三月生于泸县新路柏杨坪。屋基里好几家住户，旁边有一口椭圆形的池塘，周围是层层梯田，一到秋天，便会涌起金色的稻浪。

近一两年来，母亲的记性差了许多。每次周末我去看望她时，她老人家总会问："洋洋在哪里读书？不要逼得太紧了。""成都。妈，我们晓得。"几分钟以后，她又问，反复两三次。

有个周末，三姐家楼顶的假山旁，盆栽的一小丛茉莉绽开笑脸，像顶着朵朵晶莹剔透的雪花。我近前一嗅，好香！便去屋里，请老母亲来闻。

"妈，这是啥子花？"我故意考考她。

"不晓得，弄（那么）白。"

"是茉莉花，您过来闻一下，看香不香。"

她慢慢走过来，轻轻地去闻："嗯，香得很。"老人家露出孩童般纯净的笑容。

对父母的爱，像三姐、三姐夫、兄长们、嫂子们等这般陪伴、照顾，应该是最好的表达吧。

2022年3月22日　星期二　雨转晴

今天的天气有些怪，早晨6：40我出门时下着牛毛细雨，上午阴天，下午竟春阳明媚。凤凰山的樟林长出新叶，青绿满瞳。

学术有专攻。下午第一、二节课，全体语文教师齐聚阶梯教室，首次组织问题式教研，课题是小古文《囊萤》。大家观课，分年级讨论交流。在泸县教科研岁月里的一幕一幕不禁浮现眼前。

岁月不待人。还记得那一天是3月14日，阳光倾泻夏日般的热情。我在位于三楼4号通道旁边2019级4班教室讲台附近瞥见银杏，其与窗台几乎等高，才冒出点芽尖，褐色的枝干，光秃秃的，一副伶仃的模样。

而今天，已然撑着一把把小巧、别致的绿色小扇，扇来仲春的信息，可谓"杏叶举高高、仲春悄然到"。

银杏的枝条好似一只只嫩绿的小手臂，或旁逸斜出，或倚着白色墙砖，还有的靠近墙砖上红色的"爱"字。

下午，收寄前几天网购的《小学生散文读本》。

该书共分18个单元，每个单元有3篇文章，每篇都是名家名篇，比较简短，通俗易懂，朴素清新。每篇文章读完以后都令人回味，并且结尾都有小贴士，一个是阅读思考，另一个是写作有道，会帮助孩子们分析文章的要领，对他们的阅读和写作有较大帮助。

阅读需要坚持，应该让阅读成为我们一辈子的生活方式。东汉人崔瑗的《座右铭》云："行之苟有恒，久久自芬芳。"

坚持阅读，人生自有不一样的芬芳！

是的，岁月不待人。春光如此，时光、尽孝、健康……世间如许或重要或美好的事物，又何尝不是如此。

2022年5月20日　星期五　阴

今天上午，我校120周年校庆暨第24届小凤凰艺术节活动在开阔的大操场举行，全校师生欢聚一堂，共同庆祝，并将首次进行艺术节网络直播。

前几天，舞台搭建完毕。今早，校园里即提前布置好纪念建校120周年的背景板、气球拱门等，一派喜庆、浓郁的氛围。

我在凤凰山的日子已然10年，弹指一挥间，有幸见证120周年的庆典，便在天子殿校门靠近小花坛边的背景板前自拍一张，以作存念。

我班的同学们身穿金黄色文化衫，系着鲜艳的红领巾，手拿《泸师附小赋》诵读卡、五角星，在门厅外彩色气球搭建的拱门前拍照，个个洋溢着节日的灿烂笑意。

梁校满怀深情地致开幕词后，艺术节在开场舞《舞动向未来》中拉开序幕。

本届校园艺术节分为"红色附小""薪传之光""和雅未来"3个篇章，共有15个节目。

我班近10名同学参加了节目表演，如戏剧社团的熙茹、焜麟、郑阳等同学参加了原创课本剧《代英薪火》的表演。

有朗诵《泸师附小赋》、儿歌联唱《新学堂歌》、歌伴舞

《精忠报国》等精彩表演。部分老师带来女声合唱《我爱你，中国》、朗诵《走了那么久的路，我们去寻找一盏灯》等节目。

孩子们的笑声、掌声和欢呼声，像长了翅膀的一只只欢跃的鸟儿，飞向高远的天空。

节目表演结束以后，我组织孩子们先在小操场的花坛前齐诵《泸师附小赋》，然后到舞台前，请摄影师为他们拍照留念。

120年来，一代又一代附小人薪火相传，用梦想、智慧和汗水谱写了一曲曲华美的乐章。

今天，站在学校120岁生日的坐标点上，师生们已然接过崭新的接力棒。

2022年6月28日　星期二　晴

早上6：20，闹钟响起欢快的旋律，提醒我又该起床了。

洗漱完毕，我打的去城西某小学，和参加监考的部分老师在偌大的食堂吃早饭，有面条，也有包子、稀饭。

我是甲监考，余老师是乙监考，又是上期监考的那幢教学楼，又是八考室，又是五年级2班的同一批学生，真是有缘。

进考室之前，见到七、八考室外的丰富多样文化布置，其中不少孩子摘抄诗集，惊喜地见到时年16岁的周恩来写的《春日偶成》其二，作于1914年，是迄今所见其最早的诗歌作品。

"樱花红陌上，柳叶绿池边。燕子声声里，相思又一年。"四小句诗运用比兴手法，写景抒情，春天的画卷如在眼前：陌上的樱花又红了，塘边的柳叶也绿了。在燕子的叫声中，又过去一年，还是在相思中，没有进展，用鸟语花香、欣欣向荣的春天景色衬托作者的无奈之情。

翻看到顾城、海子、卞之琳等人的现代诗作品，如见到久未谋面的故友们，亲切感油然而生。

念师范时，身材瘦削、教《儿童文学》的何老师，特喜欢近代诗人卞之琳写的《断章》："你站在桥上看风景，看风景的人在楼上看你。明月装饰了你的窗子，你装饰了别人的梦。"这是中国现代文学史上文字简短、意蕴丰富而又朦胧的著名短诗。受何老师的影响，有段时间，班上好多同学对新月派的诗歌爱不释手。

我还看到有的孩子摘抄了如下诗句："你，一会儿看我，一会儿看云。我觉得，你看我时很远，你看云时很近。"（顾城《远和近》）还根据自己的理解配上了插画。

顾城于1979年4月在《一代人》这首诗中写下了脍炙人口的诗句："黑夜给了我黑色的眼睛，我却用它来寻找光明。"

1980年6月，作为朦胧诗派中坚力量之一的他又写下了《远和近》这首短诗。它是顾城在1980年公开发表的诗作之一，诗人通过描写自己和云，分别在别人眼里的远近关系，来展现当时人与人之间的防范与隔阂。

我还见到阴老师放在凳子上的《呼兰河传》，饶有兴致地翻看了几页。

中午休息时，我在草稿本上拟写《暑假计划》，好几年未曾这样，甚是难得。

2022年7月4日　星期一　晴

今天上午，各班自行组织2022年春期散学典礼。

教室里端坐着53个同学，仅好读善写的小萱穿红色文化衫，我走到她跟前问其缘由，她不好意思地低下头去。

快言快语的两三名同学说，本来她今早穿的也是金黄色的文化衫，不小心摔到红色染坊里去了。同学们都善意地笑起来，教室里充满快活的气息。

"同学们，大家这是在创编《小猪唏哩呼噜》吗？"我看着大家，含着笑意。

小结语文考试、评讲语卷时我说："这次语文期末考试试题相对简单，希望大家勿掉以轻心，应该充分利用暑假查漏补缺、拓展提升，祝福大家过一个平安、充实、快乐的暑假！"

接着，我深有感触地说："从2020年8月底认识大家，已经快两年，渐渐相识相知。同学们在两届秋季运动会、中秋节主题班会、节水节活动、才艺展示、《火烧云》第2课时公开课等给我留下深刻印象、美好回忆。两年里，周老师出于用心良苦、恨铁不成钢，难免有生气、批评大家的时候，希望同学们理解！"

后来，黄老师进行了隆重的数学颁奖仪式。

接着，我强调暑假交通安全、预防溺水等安全教育以后，整队放学，两列纵队有序地从三楼，经4号通道，来到小操场。我请大家立定，先用手机竖拍，镜头无法装下53个孩子的身影，便灵机一动，请大家"向右转"，一字排开。我跑到小操场中间，进行横拍，给孩子们留下了2022年春季学期散学典礼的独特印记。

班级微信群里，我发出信息："各位家长：下午好！衷心感谢大家一如既往地对学校、班级、学科工作的大力支持！同学们的暑假生活正式开始，希望全班同学拟好暑假计划、作息时间表，利用宝贵的假期，查漏补缺、拓展提升、加强练字、勤读多写，过一个安全、充实、快乐的暑假！"

"非常感谢三年级4班的全体老师，当我们把孩子交给你们、交给学校，他在学校又有了'好妈妈''好爸爸'，从此，他在这个世界上又多了一些爱他的人。孩子今后的成长路上，当为人父母的牵着小人儿的手随风而行，会觉得他的另一只手也有一些人牵着，我们家长真是既开心又安心！谢谢老师，你们辛苦了！"这是小恩家长的心语。

小佳同学本期从某校转入我班，其家长在微信里回应说："感恩周老师、黄老师的耐心教导及辛苦付出。小佳在转下来的这一学期里收获颇多，不仅学习成绩得到很大的提升，而且也养成良好的作息习惯。最后，也感谢三年级4班其他老师、全体同学对小佳的帮助以及照顾，谢谢大家！"

2022年7月5日　星期二　晴

上午，我校将在子俊楼阶梯教室组织暑期专题学习。

我来得早，便先到自己任教的2019级4班的教室，独自坐在最后一排。

窗外，立在小操场边"附小欢迎你"几个大字旁的银杏，在晨风里挺着身子，晃着脑袋，探望三楼窗明几净的教室内，似乎在问我："三年级4班那53只欢跃的小鸟哩？"

黑板上一个粉笔字也没有，除了窗外的风声、教室里电扇的声音、我的呼吸声，什么也没有。

而昨天上午，这里济济一堂，正准备组织散学典礼哩。

我来到阶梯教室，准备聆听江阳区教研培训中心芝伦主任的专题讲座——"教师专业成长与职业幸福"。

部分老师有点怵——因为他喜欢让话筒"飘起来"，随机抽问。他先约法三章："大家放心，为了增加大家的幸福体验，今天不提问……"

同事们会意地鼓起掌来。

他先通过两本书——白岩松先生的《幸福了吗？》、梁漱溟先生的《这个世界会好吗？》的故事引入，围绕"为什么做老师""如何做一个幸福的老师""如何提高教师的专业素养"三个话题展开交流，同时也引发老师们深入思考。

"一个老师上课时，是带着他全部的阅读史来授课的。"芝伦主任在交流时尤其强调阅读对老师专业素养发展的影响，他认为阅读是最好的自我矫正、自我健康的方式，阅读能改变自己的思维，改变自己行走的方式，进而改变自己的世界，阅读可以让我们拥有幸福的能力。

　　的确，教师专业素养的发展和职业幸福感相辅相成、互促共进。

2022年9月8日　星期四　晴

　　上午，家住南街的学生小兰邀请我加入群聊——2004届同学群聊。该群是古蔺县箭竹乡的一帮学生建的。

　　1996年8月，师范毕业的我初登讲台，当时教二年级的双班数学。群里的他们多是我的第一届学生，印象自然更深一些。

　　我在群里说道："同学们，上午好！今天才从小兰那里知道有此群，觉得挺有意义，于是请她拉我进群。"

　　当天，群里很是热闹，大家纷纷回忆自己与老师的难忘点滴。

　　"周老师，我念初一时有个很难忘的回忆。那次，我参加了学校的演讲活动。本来一切准备得都挺顺利的，结果到了演讲当天我莫名紧张起来，越是想把稿子记熟，越是念得磕磕巴巴！我拿着稿子走到转角处看见了您！那时，您已经去教别的班，没能再教我了。上前和您打招呼后，您看了我手上的稿子，知道我在准备演讲，可能刚刚也看出了我的紧张。您亲切地和我说话，微笑着给我鼓励，还临时帮我纠正了几个地方，我心中的紧张稍稍缓解。演讲开始了，我还是有一点紧张，走上讲台，用眼睛扫视台下的老师和同学。我大吃一惊，原来您也在台下，感觉心里开始没那么紧张了。"

　　美廷添加我的微信后，主动发来上述文句。

　　耀雯谈道："日子升起又降落，学生走来又走过。后天既是团圆节，同时更是教师节，天涯海角有尽处，唯有师恩无穷期，今天借此群祝福周老师节日快乐！"

　　教育之旅的最初记忆渐渐浮现我的眼前：

最初一两年的冬天，部分孩子光着脚或穿着黄胶鞋上学，脸蛋冻得通红。教室里有个火坑，大家轮流着早到生火，弄得灰头土脸；我怀着一丝忐忑第一次上数学公开课，内容是《平均分》；下午放学，我跟着几个孩子下乡家访，说着笑着，穿过一道桥，又穿过二道桥，夕阳将我们的身影拉得很长很长。到火石坡附近的岔路口，几个孩子争相拉我去自己家，让我左右为难；开学时，每个班老是有好几个同学无法按时报名，学校便整理名单、"划片"家访。还记得文艺村附近的阿永，数学很棒，是我的"高徒"之一。家人给他取了个小名"蚊子"，这让我很是不解。有一次，"划片"家访的我步行一个多小时到阿永家，他躲到屋后，我与他的家长恳谈一番，他们终于同意明早送孩子报名，但是第二天我仍然没能看见阿永那张圆嘟嘟、红润的脸……

现在，箭竹学校、箭竹乡早已旧貌换新颜，苗族风情节、大黑洞享誉川南。厦门、遂宁、乐山、宜宾等地都有我的第一届弟子的身影，他们已然成家立业、生儿育女。

但在我原初的杏坛记忆里，他们还是那般纯净可爱，耳旁时常回响他们的笑语欢声。

质朴真切凝结的美质

——阅散文集《聆听花开》寄语周小平

张华北

小平友：

在宇宙的时间概念里，一个甲子确如弹指一挥间。61年前，当我随家人扶着江轮的栏杆，望着渐渐远去的合江古城和城西苍苍的笔架山，船尾溅起的浪花如雨滴落在幼稚的脸上，掩饰了眼角涌动的泪珠。在北方，广袤的平原、浩瀚的渤海并未拴住对故乡的那份情感，故乡的山与水总是在梦中久久回望。

酷暑时节，与你相识在美酒之城泸州，你谦恭而健谈，亲和而周全。谈起故乡，我们竟都是合江人。我们用乡音交谈，顿感亲切如故。两日的时光，由你和几位文友作陪，在泸州老窖博物馆举杯品尝浓香扑鼻的琼浆，在泸顺起义陈列馆感受近百年前共产党人英勇奋战的壮烈，在宋代石刻博物馆为千年前川南人精美绝伦的杰作赞叹，在卿巷子百年巨匠蒋兆和故居《流民图》前为之震撼，在九曲河龙脑桥上将六百年前巨大的龙头与翠竹秀水一并揽入镜头。入夜，滔滔长沱交汇七彩染江，两岸明灯闪烁，叠山而起，酒香与花香伴我入梦。巴蜀大地，山川如画，中华5000多年文明厚积于此。古往今来，人文荟萃，文坛明星在这片红土地上璀璨。幼时我们同饮长江之水，如今南水北调实现，我们依然共享一条江水的甘甜。

阅读你的散文何其轻松和享受，我愿把时光回溯，与你走进家乡故土，在大江边，看你奶奶和母亲把捡到的树叶柴草装进背篼；看纤绳深深勒进肩头的你的父亲拉滩，"呦，呦喝，呦来呦呃嚯哨来呃……嗨呀嘿，嗨呀嘿……"那川江号子沿着江水流去；我会与你坐在朝门口，听王姻伯眉飞色舞地讲着大闹天宫，他满是青筋的双手上下紧攥着，如握孙大圣那根金箍棒猛地砸下；我也会和你一齐下田拉起拌桶打谷子，谷粒在仓桶如雨簌簌而下，地边一对小白鹭翩翩飞过；还会走进你那山弯田土上的家，看你年迈慈祥的母亲从坛子里夹出一块块霉豆腐来招待我。这些场景，怎不让我们的乡愁维系起对故乡的热爱和眷恋，维系起民族的家国情怀。

依然把时光回溯再回溯，与你走进故乡的神臂城，在那陈旧的石城上，倾听近800年前英雄城头刀光剑影、杀声震天的余音；与你登上法王寺台阶，抚摸直插云霄的桢楠那满布苔藓的龟裂的树皮，听你讲千年古刹的故事；与你和一群同学去邻县古蔺，披荆斩棘攀登轿子顶，摘几个黄熟异香的八角瓜，笑指雄峰直上，遥看山河壮丽；又去纳溪永宁河东岸乐道古镇，沿青瓦檐下青石小街，踏着三国时古人的足迹信步徜徉；到黄桷树瀑布下，感受大自然天河倒泻、飞虹横空之美；初冬我们还要远行南川金佛山，看雪树银花的雾凇；春来我们要去酉阳的桃花源，看落英缤纷的桃花、芳草鲜美的一方田园；暑月会去眉山三苏祠，看翠竹茂林中"一蓑烟雨任平生"的苏东坡坦然斜倚的石像；当然，秋日也会去会东鲁南山，与你在鲹鱼河畔松林里采蘑菇，这些怎不让我们在领略自然之美时抒发万端情怀，更会付诸笔端。

教育是何其崇高的事业，正是因了我家三代人从事过教育，对教育的情感与你相融。我会与你去凤凰山上我读过书的泸师附小，看望你采访过的百年名校里受人尊敬的王老师；我也会与你走进凉山支教的会东二小，看看那些可爱的学生们，假期里从初中回到母校的身影。

是的，散文是情文，散文作家往往以浓烈的情感来感染读者，直抒胸臆，让读者与他共同牵系文中的人物、事件、景致，那条情感贯穿的线如血脉渗入全身每一个细胞。优秀的散文家或可将情感隐于字里行间，渗透入文，在不动声色中已感人至深，俘获读者。你做到了，在故乡山水间，你力图做到情景交融，情感的倾泻有度而不滥情，浓淡相宜而情真意切。从《乡愁如烟》《腐乳的芬芳》《父亲的河流》《大地的声色》等篇什中已见其情，质朴清新，抒写下割舍不了的亲情和乡情，那凝结在一起挥之不去的乡愁跳动着人类真诚、善良与正义的因子。将人生的命运与国运相牵，民众的淳朴与勤劳跃然纸上。或许，合格的散文作家应是感情真诚而丰富者，见解精湛、知识广博者，也是对自然与人类生态饱含忧患者，我们当努力为之。

是的，在散文中，语言的美质甚为重要。文学是语言的艺术，优美的语言与灵活的结构为充盈的意境增添了质地。洗练畅达的语言，更需要丰富的联想，需要运用比喻、象征、拟人等多种恰当的修辞，生动新颖地营造美好的意象，其感染力、吸引力尽在其中。你做到了，《岭上的风景》《回望延安》《永远的乐道》等篇章里，你用质朴的语言记人叙事抒情，平和而生动，从容而有序，质朴中见新奇，平述中有起伏。语言的修炼非一日之功，如丝绸的织造，是蚕一口口吃下桑叶，在体内酿造成丝，一根根吐出的丝组合成线，方能织成一匹美绸。

是的，散文的特色在于作者自己的风格，那在长期创作中形成的倾向性，如人之面孔应是千人千面，各有千秋，或雄肆与柔婉、粗犷与细腻，或蕴蓄与诙谐、绚烂与素色，不一而足。你也许在选择自然朴实、平实真切的文风，愿意以此抒写见闻和所感，不愿做作为之，也力戒平淡、贫俗、索然无味之弊。诚然，文章的精致、精美，营造深邃的意境让读者深陷其中，始终是作家一生的追求，你亦如此。文章风格之美，简约归纳可为阳刚与阴柔，阳刚如大山之雄伟峻拔，阴柔如河流之婉曲、清澈，各擅其美。两者的结合若水绕山环，兼得共美。为此，你在追求之列。

小平，散文易作难工，一篇佳作是作者由素材中认识美、发现美、创造美的过程，充满了艰辛，也洋溢着愉快。如国窖之酒是千百年间工匠们精心探索方得今日之佳酿，得一美文非倾注作家心力不可。模仿不可取，往往邯郸学步，适得其反，为文的基本规则须遵循外，其质地至美的探索值得作家毕其一生的学养。

　　小平，此行泸州行程匆匆，我们做一个约定，我再回家乡，我们会相聚在家乡山水间一路行吟。

2022年9月4日

　　张华北，笔名北夫，散文家，原籍四川省合江县，中国作家协会会员、中国散文学会首届理事、河北省散文学会原副会长、沧州市作家协会副主席、沧州市散文学会会长。获第三届冰心散文奖、中国散文学会30年突出贡献奖、第24届孙犁散文奖、河北第12届文艺振兴奖、燕赵文化之星，沧州骄傲十大新闻人物。"大洼文学"代表作家，有散文集《大洼如歌》《大洼行吟》《九秋》《大洼意象》等10余部。

后　记

　　散文集《聆听花开》，是对我10余年来文学创作的一次梳理与检阅，自去年开始整理、充实。

　　多少个骄阳似火的日子里，曾忘我地写作、修改、调整。

　　多少次拿着笔记本，认真聆听文友们提出更改书名、调整板块等宝贵意见……一直持续到今年8月。

　　感恩父母，让我来到精彩的尘世，在川南酒城泸州，领略世间的无限风景。

　　衷心感谢家人们、老师们、亲朋们和文友们，给予我润物无声的培育、关心与支持。

　　此前，王应槐老师在百忙之中为我的作品集撰写精彩的评论；北夫老师费心为我审稿，深情地写下寄语；杨雪主席、张蓉主席，体高、盛源、朝忠等作家老师为拙著写下热情的评语。

　　传福在三伏天里为我专业拍照，并和小韩一起帮我校稿……

　　黄沙老师欣然挥毫，题写书名；学友们在滚烫的7月陪我采风；素未谋面的成都圣立文化传播有限公司胡容女士热情联系，黄河出版传媒集团阳光出版社的编辑朋友们费心设计、审稿、编排等。

　　有了你们，这本小集子——我的第一本散文集才能有幸与大家见面！

　　再次致谢！

周小平

2022年9月